博多豚骨拉麵團6

木崎ちあき
插畫/一色 箱

里卡多・聖也・奧爾特加

Ricardo Seiya Ortega

臥底緝毒探員

致力於打擊販毒集團的
DEA（美國緝毒局）臥底探員，
長年於犯罪世界生活。
曾經在傳說中的「維拉克魯茲處刑人」
拷問下逃出生天。

博多豚骨
拉麵團

HAKATA
TONKOTSU
RAMENS

6

開球儀式

在職棒例行賽漸入佳境的九月下旬某一天。

「——林！你在搞啥鬼！」

博多腔怒吼聲響徹福岡市內的棒球場。

聲音的主人是業餘棒球隊「博多豚骨拉麵團」的先發二壘手馬場善治。

「居然犯下這種亂七八糟的失誤！」

馬場發怒的原因在於他的搭檔。然而，林憲明滿不在乎地回答：「吵死了，別大吼大叫啦！」

今天是練習比賽的日子，對戰隊伍是一般人團體，豚骨拉麵團正因為敵隊投手的不規則投法陷入苦戰，關鍵時刻打不出安打，遲遲無法得分，打線後繼無力的焦慮戰況一路持續。

打完第八局，比數是一比二。在投手齊藤的全力奮戰下，隊伍勉強保住了領先地位。

然而，九局上半，敵隊接連安打，形成兩出局，二、三壘有人的危機場面。此時打者擊出的球滾到游擊區，那是個簡單的滾地球，游擊手林卻沒接住，讓球穿過他的胯下，標準的火車過山洞。兩名跑者跑回本壘，比數變成三比二，在最後關頭被逆轉了。

林犯下的致命失誤，使得投手丘上的齊藤臉色發青，休息區裡的教練源造也抱住腦袋。

馬場疾言厲色地罵道：「都是因為你，被逆轉了！你該好好反省！」

「啊？」林回瞪他，高聲說道：「又不是我一個人的錯！被打出去的是齊藤耶！」

「不要把錯推到別人頭上！」

「哈！大好機會卻毫無表現的人還真有臉說我！」

「你說啥！」

二游搭檔隔著二壘壘包吵起來了。

「喂喂喂！」一壘手何塞．馬丁內斯連忙奔上前來勸架。「你們冷靜點。」

介入血氣方剛的男人們之間勸架，向來是馬丁內斯的工作。無論是和敵隊起衝突，或是隊友間發生爭執，馬丁內斯總是頭一個採取行動的人。他是個重視隊友、心地善良又可靠的男人。

「不過是個小失誤，就一直囉哩囉嗦的，吵死人了！」

「這才不是小失誤！如果輸了，就是你害的！」

「不要賴到別人頭上！你今天三個打數都沒擊出安打，還敢說我！」

「啥！你這混蛋……」

「好、好，別吵了。」馬丁內斯分開互揪彼此胸口的馬場和林，聳了聳肩說道：「才差一分而已，我一發全壘打就追平了。」

聽了馬丁內斯的話，兩人不情不願地鬆開手。總算成功安撫他們，可以重新開始比賽。後來，豚骨拉麵團靠著一壘方向的滾地球取得出局數，隊員們回到休息區。

到了下半局，豚骨拉麵團展開最後進攻。打席正好輪回第一棒的榎田。

「只要有一個人上壘，就可以輪到馬丁，無論如何都要撐到第四棒。」

豚骨拉麵團在休息區前圍成一圈。這回出聲的是教練源造。

「絕對要在這一局逆轉！」

「是！」

隊員們精神奕奕地回應源造氣勢十足的喊話。

圈子散開，隊員各就各位。一棒榎田走進打擊區，二棒大和在打擊準備區裡等待上場，三棒馬場則是在休息區前練習揮棒。他們個個都神情緊繃，一心想著要把棒子交到隊伍主砲的第四棒打者手上。

林板著臉在休息區裡看著大家。他的棒次是第七棒，還要好一段時間才會輪到他，也有可能根本輪不到他上場。

「——欸！」

林對著坐在身旁的教練源造說道：

「第四棒是隊伍裡最好的打者，對吧？」

他突然產生疑問。

棒球這種運動，通常傾向於將強棒排在第四棒。在職棒中，從美國或中南美洲聘來的洋將擔任第四棒的情況並不少見。

豚骨拉麵團的第四棒也是多明尼加共和國出身的馬丁內斯。身高近兩米、肌肉發達的巨大身軀，壯若圓木的手臂，擺明了是能把球打得又高又遠的體格。

「嗯，是呀。」一面對林的問題，源造含糊地點頭。「好打者的定義有很多種，第四棒通常是能夠成為球隊支柱的打者。」

「既然這樣，為什麼不把第四棒打者排到第一棒？」

林並不是對教練安排的棒次有意見，只是單純感到疑惑。

「既然是最好的打者，把他排到第一棒，讓他多上場打擊，不是比較好嗎？」

這麼一來，強棒的打席變多，自然比較容易得分——林是這麼想的。

然而，似乎不是這麼回事。

源造搖了搖頭，露齒而笑說：

「對於第四棒打者而言，重要的是在關鍵時刻上場打擊，取得打點。」

縱使第四棒是擁有長打能力的強棒，也不是每一次都能擊出全壘打。光靠自己一個人，要得分是很困難的——源造說道。

棒球是九人運動，不光是守備，進攻也一樣。為了讓第四棒取得打點，在他上場前，壘上必須有跑者才行。只要一到三棒之中有人上壘，第四棒就能在有望得分的狀況上場打擊。若把打擊率、上壘率高的打者排在前頭，這樣的可能性便會大幅上升。

源造指著打擊區裡的榎田說：「首先，第一棒打者必須上壘。」

所以把上壘率高的榎田排在第一棒。

「如果第二棒打者用短打把跑者送上二壘，或是使用打帶跑或盜壘戰術進壘，得分的機會就更大了。」

第二棒大和是個擅長耍花招的靈巧選手。

然後，下一名打者繼續接棒。第三棒馬場是中距離打者，擅長右打，擁有長打能力，腳程也快，被雙殺的風險很低。

「每個人都有自己的任務。」

豚骨拉麵團的前三棒，採用的是最容易讓第四棒在有望得分時上場打擊的棒次安排——源造如此說明。

「換句話說，光靠一個人無法進攻？」

「沒錯。」源造點了點頭。「這就是棒球。」

敵隊投手練投完畢，豚骨拉麵團開始進攻。榎田靠著界外球撐了八球，最後獲得四壞球保送上壘。接著上場的大和在源造未打暗號的狀況下，主動嘗試觸擊短打，雖然本人很遺憾地出局，但是跑者榎田上了二壘。

「他們都很清楚自己的任務。」源造凝視著站上打擊區的選手說道：「第四棒的工作就是拯救隊伍的危機。」

此時，在休息區前練習揮棒的馬丁內斯回過頭來。

「林，失誤的事別放在心上。」

他用大手摸了摸林的頭。

「剩下的交給我。」

馬丁內斯露齒而笑，大步走向打擊準備區。

林撇開視線。

「……我才沒放在心上。」

第三棒馬場打出的是有望穿過一、二壘之間的好球，卻被二壘手的精彩守備給擋下來，不過榎田上了三壘，仍是有推進效果。

兩出局，三壘有人，一棒追平的大好機會。

接著，第四棒馬丁內斯終於站上打擊區。

投了九局的敵隊投手，臉上難掩疲憊之色，不知是不是因為已有兩人出局，心生大意之故，朝著馬丁內斯投出的第一球竟失手了。

第一球——好打的正中直球，馬丁內斯自然沒有放過。只見他大棒一揮，砰！隨著這道驚人的聲響，球棒劃破空氣，將球打了出去。

白球高高地飛在爽朗的秋季天空中，休息區裡的豚骨拉麵團隊員們紛紛探出身子，觀望球的去向。馬丁內斯打出的球描繪出一個大大的弧形，消失於球場之外——是場外全壘打。

投手丘上，敵隊投手沮喪地垂下頭來。

馬丁內斯扔掉球棒，手指著休息區——指著林，表情得意洋洋，像是在說：「看吧？我辦到了。」接著，他又握緊拳頭，高高舉起。

馬丁內斯抬頭挺胸，慢慢地繞場一周。

源造拍手讚賞他的活躍，微微一笑說：「或許搶風頭也是第四棒的工作唄。」

三壘上的榎田回到本壘。豚骨拉麵團的隊員們聚集在本壘旁邊，熱烈歡迎馬丁內斯。兩分再見全壘打，比數形成三比四，主砲的一棒拯救了球隊和隊友。

比賽以豚骨拉麵團的逆轉勝收場。

一局上

維拉克魯茲市位於墨西哥灣畔，是國內最大的港灣都市，也是首屈一指的度假勝地。從首都開車行駛五、六個小時後，充滿墨西哥風情的乾燥仙人掌沙漠景色便倏然轉變為椰子樹林立的南國風景。這座擁有獨特文化的永夏都市裡，充滿中美洲的各色人種，來自國內外各地的觀光客亦不在少數，乍看之下是個和平的觀光都市，可是背地裡，販毒組織之間的血腥火拚不斷上演。

「洛斯艾薩斯」是以維拉克魯茲市為據點的新興販毒集團。九年前瓦解的「維拉克魯茲集團」的幾個殘黨，從墨西哥本地及各國招募成員，在這座城市重新成立這支跨國犯罪部隊，現在為了替正在監獄服刑的毒王拉米羅・桑切斯守住地盤，終日與敵對組織與警察爭鬥不休。

洛斯艾薩斯的成員盡是退役軍人、退役警官及殺手等狠角色，全都按照數字順序取了代號，比如「S－1（艾薩・烏諾）」、「S－2（艾薩・多斯）」。順道一提，這裡的「S」是取自維拉克魯茲集團首領桑切斯名字的第一個字母。

這一天，S－1烏諾正前往他們的根據地——維拉克魯茲市內的倉庫。他是組織裡少見的日裔人，同時是維拉克魯茲集團的老成員。

開了幾十分鐘的車，根據地映入眼簾。那是一座白色建築物，集團成員正在一旁的空地裡玩足球。一把年紀的大人們像少年一樣天真無邪地東奔西跑的模樣令人莞爾，但仔細一看，他們在踢的不是足球，而是人頭。是昨天殺害的記者頭顱。

烏諾下了車。

「——喂，歐丘。」

他招手呼喚正要把頭踢向球門的男人。

「過來一下。」

球射歪了。戴著中折草帽、穿著俗氣花襯衫和褪色牛仔褲的墨西哥男人邊抱怨：

「幹嘛啊？玩得正起勁耶。」一邊走過來。

這個男人——S－8的歐丘，是第八個加入洛斯艾薩斯的成員。他原本是墨西哥警察，因為貪瀆而離職，成了毒販。由於妻子是日本人，他也會說日語。雖然他是個容易得意忘形又粗心大意的人，但正適合參與這次任務。

「你跟我一起去日本。這是S－0（老大）的命令。」

烏諾說出來意。

「是那個計畫嗎？」歐丘撫摸修得整整齊齊的鬍子詢問。

那個計畫——指的即是進軍亞洲的計畫。這回，日裔的烏諾雀屏中選，負責統籌派往日本的成員。

「嗯，沒錯。」

「知道了，我這就去準備。」

目送歐丘旋踵離去後，烏諾踏入建築物。寬敞的倉庫中擺放大量毒品和武器。

烏諾詢問附近的男成員。「喂，4（夸特羅）在哪裡？」

「夸特羅去哥倫比亞了。」男人回答。「去買走私用的潛水艇。」

烏諾從未聽說過這件事。「什麼？他什麼時候回來？」

「不清楚，至少要一個星期吧。」

傷腦筋，烏諾嘆了口氣。他打算立刻出發前往日本，等不了一個星期。

既然如此，只能帶別人去了。烏諾環顧四周，物色替代人選。

倉庫深處有片寬敞的空地，正在舉辦賭博拳賽。組織成員彼此對戰，其他人觀戰，並以五百披索為賭注賭哪邊贏。規則是只要不使用武器，怎麼打都行，是種兼具戰鬥訓練與消磨時間兩種功效的娛樂。然而，由於所有成員都性情暴躁，在比賽中身負瀕死重傷的人不在少數。

現在，擂台上是組織內的頭號大力士S－12（多薩）。他在洛斯艾薩斯是名列前茅的熱門選手，觀眾都把賭注押在這個宏都拉斯出身的壯漢身上。

另一方面，被選為這般強者對手的是個烏諾沒見過的男人。他戴著巴拿馬帽與墨鏡，是個體格修長的年輕人。

「喂，那小子是誰？」

烏諾指著那人問道。

「新來的特雷因達。」負責收賭金的男人一面數鈔票一面回答。「今天是他的出道戰，碰上那樣的對手算他倒楣。」

S－30（艾薩．特雷因達）——這麼一提，聽說最近有個國籍不明的新人加入，原來就是他。據說是個用刀的殺手，不知道本領如何？

烏諾觀察特雷因達。戴著墨鏡上場，可見他游刃有餘。一般人都會摘下眼鏡，以防挨打的時候鏡片碎裂，刺入眼睛裡。這個名叫特雷因達的男人，究竟是個不用大腦的笨蛋？或是擁有臉部不會被擊中的自信？

為了摸清新人的實力，烏諾留下來觀戰。

兩個男人相對而立，舉起拳頭。裁判一聲令下，兩人開打了。

比賽一開始，特雷因達就動了。他的動作十分迅速。只見他壓低姿勢鑽入多薩的懷裡，從下方朝著臉部揮拳。

特雷因達的拳頭嵌進多薩的人中，多薩的壯碩身軀晃了一晃。

圍著擂台觀戰的同夥們發出吼叫般的歡呼聲。「¡Vamos!（上啊！）」、「¡Buen hecho!（好耶！）」等加油聲響起，「¡Concha tu madre!（王八蛋！）」等汙言穢語也隨之傳來。

比賽過程與賠率正好相反，多薩一路挨打。

面對痛得發不出聲的對手，特雷因達毫不容情地繼續進攻。他的拳頭接連往太陽穴、喉嚨、心窩等要害招呼，腳也乘勝追擊肚子與小腿。這個男人的動作矯捷且準確無誤，顯然熟知人體的弱點，從前想必是隸屬於某個特種部隊。

特雷因達很強，身材雖瘦，力氣卻不小。攻擊側腹的決勝一擊十分猛烈，把多薩打得口吐鮮血，倒在地板上。趴在地上的多薩緊握拳頭，身體微微顫抖，忍受著竄過全身的劇痛，努力試著站起來，額頭上冒出冷汗。

「夠了。」特雷因達用平靜的口吻說道，聲音很低沉。「痛成那樣，應該動不了了吧。」

正如特雷因達所言，多薩動彈不得。他無法抗拒痛楚，精疲力竭。

「特雷因達獲勝！」擔任裁判的男人叫道。

下一瞬間，現場歡聲雷動。洛斯艾薩斯的成員全都為了黑馬的登場興奮不已，大聲歡呼。

成了輸家的多薩仍然爬不起來。看他的樣子，骨頭八成斷了好幾根。

「喂，送多薩去醫院。」

烏諾囑咐裁判。

「還有，你過來。」

然後，他指著特雷因達呼喚道。

身手不凡的傢伙派得上用場，就找這個男人吧——烏諾做出決定。

「你跟我去福岡。」

幾天後，烏諾、歐丘和特雷因達三人從墨西哥飛往澳洲，搭乘載有大量毒品的大型走私船前往福岡，表面上則偽裝成載運澳洲牛肉的貨船。

「——啊，終於到了。」

這是段漫長的旅程。

抵達福岡市內的碼頭，下了陸地的歐丘一面伸懶腰一面說道。

「感覺好像還在海上漂浮。」

烏諾也下了船，環顧四周。特雷因達不見人影。

「……喂，特雷因達在哪裡？」

「在那裡抓兔子。」歐丘用拇指指著船。

貨船旁邊露出了特雷因達的註冊商標巴拿馬帽。他就蹲在船邊，似乎暈船了，正朝著大海嘔吐。

「¡Oye, Treinta!（喂，特雷因達！）」烏諾大聲呼喊：「¿Estás bien?（不要緊吧？）」

特雷因達舉起一隻手，用細若蚊蚋的聲音回答：「Si, estoy bien.（嗯，不要緊。）」說歸說，他的臉色一片鐵青。這個男人的不凡身手到了船上便蕩然無存。

「欸，烏諾，你帶那小子來幹嘛啊？連日語也不會說，根本幫不上忙。」歐丘一臉不滿。「還有其他人派得上用場吧？比如夸特羅。」

「夸特羅好像忙著談生意。」

「生意？」

「他去哥倫比亞買運毒潛水艇了。」

「那個以後再買就行啦。以後再買。」

烏諾聳了聳肩。「別這麼說。只要有商用潛水艇，就能一次走私十幾噸的貨，不但能降低被警察發現的風險，特雷因達也不用抓兔子，好處多多。」

「我看他就算坐潛水艇也會暈船。」

接下來，他們必須利用事前買下的海釣船，把走私品運往博多碼頭附近的廢棄工廠，之後還得找人販賣這些毒品，沒時間慢慢休息。

烏諾呼喚暈船症狀已減輕的特雷因達「Vamos.（走吧。）」，三人一齊邁開腳步。

一局下

博多灣岸廣場是位於博多灣畔的複合型商業設施，寬敞的園區內除了商店和餐廳，還有圓柱形水族缸，並兼作轉運中心，假日擠滿攜家帶眷的遊客與外國觀光客。建築物旁是公園、五人足球場及溫泉、岩盤浴等設施。

今天天氣非常晴朗，沿路栽種的椰子樹在海風的吹拂下大大地擺動葉面。馬丁內斯暗想，活像熱帶國家的景色。他想起了祖國多明尼加和度過青年時代的墨西哥灣岸街景，不禁沉浸於懷念的感覺中。

馬丁內斯經過灣岸廣場旁的紅色展望塔——博多港塔，踏入設施內，海水的氣味微微飄了過來。旅客正在港口搭乘前往離島的市內渡輪。

他在建築物中前進，經過五顏六色的魚類、魟魚及海龜優雅游動的中央水槽，進入前頭的咖啡廳，向店員點了份綜合鬆餅與冰咖啡，並環顧店內。

今天馬丁內斯和榎田約好在這家店碰面。榎田已經到了，馬丁內斯在角落的座位上發現白金色的蘑菇頭，立刻走上前去。

「不好意思，來晚了。」

馬丁內斯說道，榎田抬起頭來望向他。榎田正在吃香蕉與巧克力冰淇淋點綴的鬆餅，薄薄的嘴唇沾上鮮奶油。

「嗨。」榎田舉起一隻手來回應。「我先開動了。」

「嗯，沒關係。」

馬丁內斯在榎田的對面坐下，並指了指自己的嘴角。

榎田意會過來，用舌頭舔去嘴唇上的鮮奶油，詢問：「最近如何？有發生什麼不尋常的事嗎？」

面對這個一如平時的問題，馬丁內斯嘆了口氣。

「沒有。沒有任何你會喜歡的有趣話題，我最近閒得發慌。」

「是最近『也』閒得發慌才對吧？」

「嗯，是啊，傷腦筋。如果你有客戶在找拷問師，記得幫我介紹。」

榎田是駭客情報販子，馬丁內斯是逼問情報的拷問師，因此兩人時常像這樣一面吃飯一面交換情報。說歸說，閒聊往往占了八成。

「對了，之前的比賽，你表現得很好耶，打得漂亮。」

這天也一樣，他們又開始閒聊，話題是上星期舉行的豚骨拉麵團練習賽。

「託你的福，林老弟也得救了。」

「不，多虧你替我開路。」馬丁內斯搖了搖頭。這不是謙虛，而是他的真心話。決定勝負的確實是馬丁內斯那一棒，但那是因為先前的打者能夠上壘，讓他在有望得分的狀況站上打擊區，才能夠取得打點。

「才沒有咧。」

「馬丁大哥，你最近的狀況不錯嘛。」榎田面露賊笑：「該不會是嗑了藥吧？」

馬丁內斯斷然否認。這麼一提，他想起來了。幾天前，才剛報導過退役職棒選手因為濫用藥物而遭逮捕的新聞。他豪邁地將鬆餅塞入口中，一面咀嚼一面回答：「我討厭嗑藥。」

「說到嗑藥……」

榎田的語氣突然變得正經。

「怎麼了？」

「你被跨國通緝耶。」

聽了這句突如其來的話語，馬丁內斯瞪大眼睛，嘴裡的咖啡險些噴出來。

他皺起眉頭反問：「啊？你說什麼？」

「跨國通緝。」榎田重複一次。「你知道ＩＣＰＯ吧？」

ＩＣＰＯ（International Criminal Police Organization）——國際刑警組織，通稱「Interpol」——方便世界各國調查局分享跨國罪犯或失蹤人口等情報、攜手合作的國際組織。這點知識馬丁內斯當然知道。

「我駭進ＩＣＰＯ的資料庫裡玩，發現你從前的名字。你好像是因為過去的罪行而被通緝的。」

過去的罪行——多不勝數。

「馬丁大哥，你年輕的時候挺放蕩的嘛。」

榎田面露賊笑，馬丁內斯也回以笑容。「男人不都是這樣嗎？」

「那你打算怎麼辦？」

面對榎田的問題——

「不怎麼辦。」

馬丁內斯聳了聳肩，如此回答。

「Interpol只是個聯絡單位，既沒有獨立偵查小組，也沒有跨境偵查的權限。我改名換姓在這座城市生活，他們查不到我的。」

除非被知道他真正身分的人發現，通報ＩＣＰＯ，否則他是不會被捕的。

榎田喃喃說道：「從前是這樣，現在可就不見得了。」

馬丁內斯把條然變得索然無味的鬆餅全塞進口中，和著咖啡硬生生地灌進肚子裡。

「再說……」馬丁內斯補充說道：「警察也沒空理我這種小角色啦。」

「……好無聊。」

林百般無聊地喃喃說道。

博多站筑紫口附近，位於博多區博多站東邊的住商混合大樓三樓，正是馬場偵探事務所。林已經躺在沙發上看了好幾個小時的電視。

今天沒有暗殺委託，無事可做。他代替外出的馬場看守事務所，但是完全沒有客人上門的跡象，無聊的時光似乎還會持續下去。

林觀賞綜藝節目消磨時間，此時，電視上開始播放介紹主婦打掃小技巧的單元。

他把視線從電視螢幕移向周圍，突然靈機一動。

「……乾脆來打掃好了。」

他喃喃說道，立刻站起來。

雖然他會定期打掃，但屋裡往往一下子就變得又髒又亂，全都是同居人造成的。馬場似乎不諳整理之道，總是弄得凌亂不堪。

桌上擱著泡麵及超商便當的空盒，地板上到處是垃圾，流理台中堆著許多待清洗的餐具，棒球練習衣和道具四處亂扔，馬場的辦公桌上文件堆積如山，隨時可能垮下來。

林打開福岡市指定垃圾袋，把用不著的東西全部塞進去，同時把髒衣物丟進洗衣籃裡。

接著，他開始收拾馬場的辦公桌。

「……這是什麼？」

林在文件堆積如山、亂成一團的桌子上發現一顆棒球。那似乎是硬式比賽用球，十分老舊。

「好髒的球……」

整體泛黃，還有與球棒摩擦過的痕跡。這種球應該不會拿來練習了。

「丟了吧。」

林瞄準房間角落的垃圾桶，把球扔進去。

球描繪出一道弧形飛去，然而，下一秒，球撞上垃圾桶邊緣彈開，滾進家具間的縫隙中。

混蛋——林彈一下舌頭，心想待會兒再撿吧。他嘆一口氣，拿出吸塵器。

里卡多正在JR博多城十樓的啤酒餐廳裡等候交易對象。這家店飄盪著祖國美國的氣息，店內播放的輕快鄉村音樂更是引發他的鄉愁。鄰座的客人是兩個男人，手裡拿著啤酒，正在談論棒球。他們似乎在收看店裡的電視播放的棒球比賽實況轉播。

里卡多獨自喝著海尼根，片刻過後，約定的對象來了，是個叫做谷久院的日本男人。名字雖然罕見，外貌卻是隨處可見的中年人。

「讓你久等了，村上。」

谷久院呼喚他的名字。

里卡多是墨西哥人與日本人的混血兒，現在使用的假名是「村上」。他實際上的國籍是美國，在這裡則謊稱是在日本出生長大。

里卡多向坐在對面的谷久院勸酒。今天同樣由里卡多請客。為了鬆動谷久院的口風，必須讓他多喝點酒才行。

待對方一口氣喝乾啤酒並點了第二杯之後，里卡多立刻切入正題。「東西呢？」

「已經準備好了。」

說著，谷久院拍了拍放在鄰座的黑色手提包。包包裡放著透明塑膠袋裝的安非他命，是乃萬組進的貨。

乃萬組是以毒品為主要資金來源的黑道組織的堂口之一，以福岡市內，尤其是中洲一帶為地盤，製造或走私安非他命、合成毒品及違法藥草，並僱用車手運往日本全國各地。

這個叫做谷久院的男人是自營藥頭，不只乃萬組，他和各組織都有來往，到處收購毒品，賣給自己的客戶，現在里卡多也是他的客戶之一。

「我進了一百克的貨。」谷久院說道，朝杯子伸出手：「你要多少？」

「全都給我。」

里卡多立刻回答，對方微微流露出驚訝之色。「真的假的？」

「錢我有。」

里卡多把裝著七百萬圓的公事包放到桌上。

谷久院瞥了公事包一眼，開口說道：「……真闊氣啊。找到了新客戶？」

「我認識一個有錢的女人，老是吵著要我快點給她貨。」這是漫天大謊。

「哦？」谷久院面露賊笑。「人帥真好。」

交易成立，兩人交換裝著毒品的包包和裝著鉅款的公事包之後，開始用餐。

谷久院一面吃著熟成牛排，一面說道：「你知道乃萬組最近和中國人的販毒組織起了衝突嗎？」

「聽過風聲。」里卡多回答。他不了解詳情，打聽此事就是今天的真正目的。「那個販毒組織都是些什麼人？」

多虧第五杯啤酒，谷久院的話匣子完全打開了。「那是在福岡的中國人組成的組織，只是些地痞流氓。他們和香港的組織好像有來往，有自己的貨源。」

中國的販毒罰則很重，若是被捕，甚至可能處以死刑，因此有些人會跑到其他國家做生意。

「組織規模大嗎？」

「不，應該不到十人吧？總之，這個中國人組織最近動作很大。他們本來是以販賣安非他命為主，現在連古柯鹼、海洛因都開始賣了。」

里卡多歪頭納悶。莫非背後有新組織撐腰？

「古柯鹼和海洛因在日本的銷路都不好吧？」

「嗯，所以他們是賣給住在福岡的外國人，在外國人常去的中洲夜店裡兜售。那個地方是乃萬組的地盤，有幾個中國人做生意的時候被乃萬組的流氓逮個正著，抓去痛毆一頓。」

「哦～」

光是被痛毆一頓，是不可能放棄生意的。里卡多暗想，他們以後大概還會繼續糾纏下去吧。

「乃萬組現在殺氣騰騰的，他們的麻煩事好像不只這一件。」

「發生了什麼事？」

「聽說他們有好幾個弟兄被殺了。」

「什麼？是火拼嗎？」

「可能吧。」

里卡多聳了聳肩。「黑道也真辛苦。」

「而且還有個車手被緝毒員逮捕。」

里卡多知道此事，卻故作驚訝。「喂，真的假的？」

「嗯，好像有奸細混入乃萬組周圍。」

奸細——聽到這個字眼，里卡多的心頭猛然一震。

他強自鎮定，朝著料理伸出手。「這可真麻煩。」

「嗯，就是說啊。」谷久院點了點頭，看著里卡多。「欸，你知道有誰比較可疑嗎？」

里卡多裝出思索的模樣，歪了歪頭。「……不，我也沒頭緒。」

「這樣啊。」

谷久院一臉遺憾地點頭。

「乃萬組現在正全力尋找叛徒，一旦找到，八成是格殺勿論。」

「我已經坐過一次牢。」里卡多喝一口冰涼的海尼根，故意皺起眉頭。「要是又被抓，得要很久以後才能出來。不快點除掉叛徒，根本不能安心做生意。」

「就是說啊。」

「你下次進了貨，記得聯絡我。」

里卡多放下酒錢，拿起包包，快步走出餐廳。

在長達四小時的大掃除結束，事務所變得煥然一新的時候，馬場回來了。此時日期早就變了。

馬場似乎是去喝酒，顯得相當亢奮。「我回來了～！」

看到同居人興高采烈，林啼笑皆非地回了句：

「你回來啦。怎麼這麼晚才回來？你跑去哪裡？」

「和重松大哥喝酒。」

馬場回答，換上家居服。見他把脫下的上衣扔到地上，林立刻板起臉。

「我說你啊……別再亂扔了行不行？我才剛收拾好耶。」

面對林的怨言，馬場只是嘻皮笑臉地回應「對不起～」敷衍，一點也沒有「對不起」的意思。

之後——

「……咦？」

馬場把視線轉向自己的辦公桌，突然叫了一聲。

「球不見了。」

他喃喃說道，四下張望。

「啊？怎麼了？」

「小林。」馬場轉向林，指著辦公桌。「你有看到放在這裡的球嗎？」

「球……？哦，那個啊。」這麼一提，打掃時，林把桌上的硬球扔進垃圾桶裡。

「那顆髒兮兮的球被我丟掉了。」

聞言，馬場瞪大眼睛。

「啥！丟掉了！」

見對方突然大聲嚷嚷，林錯愕地點頭。「嗯、嗯。」

馬場臉色大變，衝向垃圾桶，查看內部；發現垃圾桶是空的，又慌慌張張地打開窗戶，探出身子窺探外頭，似乎是在確認垃圾場。然而，垃圾場空無一物。垃圾車剛來收過垃圾。

「不會唄……」

馬場一臉愕然地抱住腦袋，林歪頭納悶：「你在幹嘛？」

究竟是怎麼一回事？

二局上

掌控做為組織資金來源的毒品走私生意的乃萬組少頭目——岸原，最近正為了組的現狀而煩惱。

幾天前，他僱用的自營卡車司機被緝毒部逮捕了。原先預定經由平時的管道運往北九州的五公斤安非他命遭到扣押，乃萬組同時失去寶貴的商品與車手。以市價估算，損失約達三億圓。

話說回來，這件事有個疑點。為何條子能夠查出乃萬組的走私管道？

可能性只有一個——情報外洩。

組裡有叛徒洩漏交易情報給調查機關。這是非常嚴重的事態，若是置之不理，或許又會造成損失。

「把這幾個月內參與過我們生意的人全都列出來，包含末端的藥頭在內，一個也別漏掉。」

岸原把手下召集到組事務所來，如此下令。眾人用力地點了點頭。

「呃，岸原先生。」其中一人突然出聲。「關於中國人的事……」

令岸原頭痛的問題還有一個。

在日中國人組成的販毒組織，最近在乃萬組的地盤做起生意。前幾天，乃萬組的成員發現有中國人在中洲販毒，便痛毆對方一頓，好讓他們知道這裡是誰的地盤，如果不想再吃苦頭，就乖乖收手。

「上次的命案該不會是中國人幹的吧？」

上次的命案——這個月中旬，有兩個乃萬組成員和藥頭被殺。

「聽條子說，屍體被倒吊起來示眾。這不是日本人的手法，比較像是外國黑道的手法。」

正如手下所言，有些外國犯罪組織會刻意摧殘屍體，當街示眾，這麼做的目的是為了殺雞儆猴。

莫非那次命案是中國人組織所為？為了報被毆之仇，他們殺了乃萬組的弟兄——這是手下的看法。

確實不無可能。倘若中國人組織真的以殺人的形式挑釁，岸原必須採取應對之策。

「該怎麼辦？岸原先生。」

所有手下的視線都集中在自己身上。

該做的事只有一件，就是確認事實。

「加派人手巡邏中洲一帶，發現中國人就立刻抓起來。」

岸原對手下說道。

無論命案凶手是不是中國人，都不能讓對方繼續猖狂下去。

「好好修理一頓，逼他招供。」

數小時後，岸原接獲手下的報告，說是在中洲的某間俱樂部裡發現一個販賣古柯鹼的中國男人，並將他抓來了。那人是販毒組織的成員，年紀還很輕。

岸原立刻前往乃萬組名下的出租大樓。大樓的二至四樓都是練團室，玩樂團的年輕人正忙著練習樂器，四樓的其中一室則是乃萬組的拷問房。

他們在房間中央放了張椅子，讓中國男人坐在上頭，並把他綁起來。在這間隔音設備齊全的房裡，再怎麼折磨對方都不成問題，既不會被人看見，也不會因為叫聲外洩而引來警察。

接著要拷問這個中國人，逼他招出情報。岸原不願弄髒自己的手，便僱用了這方面的專家。

他曾聽說福岡有人專精於拷問、審問，便透過情報販子的介紹，提出這次的委託。

「——你就是乃萬組的岸原先生？」

到了約定時間，拷問師在練團室現身。

拷問師似乎是外國人，但日語非常流利，長得高頭大馬，膚色黝黑，手臂上刺了青，一看就知道是地下社會的人，不過態度倒是頗為和善。

岸原立刻對拷問師提出要求：

「我要你替我問出殺了我們組員並倒吊起來的事是不是這幫人幹的。還有，逼他把知道的情報全招出來。」

「ＯＫ。」

拷問師打開小型錄音機，面露賊笑。

「好，這就開始吧。」他緩緩走向中國人說道：「請多指教。」

中國人仰望男人，臉上浮現恐懼之色。

二局下

亞歷杭德羅．羅德里奎——通稱「亞歷克斯」，是個年紀雖輕但本領高強的殺手。

他是多明尼加人，擁有近兩米高的壯碩身軀和黝黑皮膚，留著隨意綁成一束的長髮雷鬼頭；淺色墨鏡後方的雙眼銳利得直可殺人，黑色坦克背心底下的雙臂強壯得足以輕易徒手扭下人頭。見了這副彷彿專為殺人而生的容貌，販毒集團的幫眾無不膽寒。

所謂的販毒集團，泛指與毒品的製造、流通乃至銷售等網絡相關的所有組織。在墨西哥，有好幾個販毒集團存在。

其中之一的維拉克魯茲集團，是以墨西哥共和國維拉克魯茲州為活動據點的販毒集團，亞歷克斯是該集團的專屬殺手。據說他是首領拉米羅．桑切斯的左右手，在幫眾之間被稱為「Verdugo de Veracurz（維拉克魯茲處刑人）」。只要拉米羅老大一聲令下：「Mátalo（殺掉）。」縱使是老幼婦孺，他也會毫不容情地砍掉對方的頭顱，是個沒血沒淚的男人。

正如傳聞所言，亞歷克斯是個無情的男人。

『沒想到你是叛徒。』

亞歷克斯低聲說道。他的厚唇上叼著古巴產的雪茄。

『扮藥頭扮得這麼像，真是令人佩服啊，理查。』

亞歷克斯面露賊笑，用雪茄頭抵住里卡多的褐色皮膚。燙傷的劇痛讓里卡多發出不成聲的哀號。皮肉燒焦的刺鼻臭味撲鼻而來。

里卡多被組織擒獲之後，送到維拉克魯茲州某間組織名下的飯店客房裡。他的雙手雙腳被綁在床上，活像一隻即將被解剖的蟾蜍，而亞歷克斯則是面無表情地淡然凌虐這樣的他。亞歷克斯用刀子割他的全身、用雪茄頭燒他的皮膚，甚至還灌了自白劑，可說是做得相當徹底。

『你叫什麼名字？』

亞歷克斯問，里卡多虛弱地回答：『理查·路易斯。』瞬間，砂鍋大的拳頭嵌進肚子。里卡多挨了這毫不容情的一拳，接連咳嗽好幾聲。

『我知道。我是問本名。』

亞歷克斯的粗壯手臂上刺著S形記號。老大身邊的人都有同樣刺青。那是桑切斯的第一個字母——對拉米羅老大宣誓忠誠的印記。

『如果你不想少幾根指頭，就快點回答。』

里卡多起先三緘其口，但終究敵不過亞歷克斯的長時間拷問。恐懼戰勝了一切，加上藥物開始發揮效用，他的理智輕易地崩盤。

『……里卡多。』

橫豎都會被殺，已經沒有繼續隱瞞的理由──這個想法浮現腦海的瞬間，他的口風立刻鬆動。

『ＯＫ，乖孩子，里可。』亞歷克斯摸了摸山羊鬍，繼續逼問：『全名呢？』

『……里卡多．聖也．奧爾特加。』

『聖也？是日裔？』

里卡多像是發燒似地，迷迷糊糊地回答：『……我媽是日本人。』

『哪個單位的？聯邦警察？還是軍隊？』

里卡多搖了搖頭，喃喃說道：『ＤＥＡ。』

Drug Enforcement Administration，美國緝毒局，簡稱「ＤＥＡ」。

就在里卡多揭露自己的真正身分時，客房的房門猛然開啟，拉米羅．桑切斯帶著手下現身了。

今天同樣穿著花俏西裝的維拉克魯茲毒王看著鮮血淋漓的里卡多，嘲笑道：『你這副模樣挺帥的啊，理查。』

里卡多皺起眉頭，默默無語地回瞪拉米羅．桑切斯。他沒有力氣回嘴。

『怎麼樣？亞歷克斯，他招了嗎？』

『招了。』面對老大的問題，亞歷克斯點頭。『這小子好像是ＤＥＡ的人。』

『哦，是美國人啊。』

里卡多是美國緝毒局的探員，現在假扮成維拉克魯茲集團的運毒車手進行臥底調查。

——然而，他的身分曝光了。

昨晚，幾個手下奉拉米羅老大之令出現在晚歸的里卡多面前，突然襲擊他。他遭受一陣拳打腳踢，失去了意識，醒來之後就變成這副德行。被關在飯店中的里卡多面臨的，是處刑人亞歷克斯的拷問。

『……說到ＤＥＡ……』拉米羅老大用回憶的口吻說：『你知道從前在瓜達拉哈拉發生過毒販綁架ＤＥＡ探員的案子嗎？』

里卡多當然知道，這是加入ＤＥＡ的人一定會聽聞的故事。懷恨在心的毒販綁架優秀的ＤＥＡ探員，對他施予拷問與性暴力，最後還將他活活打死。這個人神共憤的案子是發生在一九八〇年代。探員的遺體在遭綁架一個月後被發現，以手腳被綁、身上只穿著內褲的慘狀棄置於路邊。

『聽說他被打得遍體鱗傷，直腸還塞了根棒子。理查，你要不要試試？亞歷克斯是個同志虐待狂，應該很擅長此道吧。』

這番低俗的話語讓里卡多倍感焦躁，同時也受恐懼支配，身體開始打顫。

DEA這個調查機關面對的是卑劣殘忍的販毒組織，任務的危險難以估計，殉職率也絕非FBI所能比擬。里卡多知道這是個危險的職務，也早已做好在任務中喪命的覺悟。

即使如此，他依然恐懼不已。

這些傢伙不是人。拉米羅老大和亞歷克斯都是沒心沒肺的冷血惡魔，甚至把人的頭顱砍下來當玩具玩。他們能若無其事地做出普通人根本無法想像的殘酷行徑。

尤其是對付叛徒的時候，販毒組織的幫眾更是心狠手辣。光是想像自己接下來將面臨什麼遭遇、受到什麼折磨，里卡多就恨不得咬舌自盡。

『聽好了，亞歷克斯。好好逼問他，看看他還有沒有同夥混進來，之後就隨你處置，看是要強姦還是分屍都行。殺掉他以後，把舌頭和頭顱留下來，身體隨便找個空地扔了，頭顱寄回DEA總部。』

聽聞拉米羅的殘忍命令，亞歷克斯泰然自若地點頭答應：『了解。』

之後，拉米羅老大和眾手下便離開房間。

剩下的只有里卡多和亞歷克斯，房裡再度恢復寂靜。

『沒有同夥……臥底的只有我。』里卡多瞪著處刑人，用細若蚊蚋的聲音說道：『就算有其他探員，也不會讓我知道。』

亞歷克斯點了點頭。『我想也是。』

『快殺了我吧！』

與其受苦，不如早死早超生。

亞歷克斯停頓一會兒，喃喃說道：『是嗎？』

他重新握住刀子，採取行動。

『就這麼辦吧，我也沒空陪你耗下去。』

床鋪的彈簧咿軋作響，亞歷克斯的壯碩身體籠罩住里卡多。

『——Adios，探員。』

亞歷克斯揮落刀子。

里卡多在這時候醒了過來。

他猛然坐起身子，調整紊亂的呼吸。

里卡多的所在之處並非維拉克魯茲的飯店，而是福岡的藏身用公寓。

對了——他想起來了。他回到家中，躺在床上，打算小睡片刻，卻在不知不覺間熟睡。

「……原來是夢啊。」

他撩起汗水弄濕的黑髮，吁一口氣。

「這個夢還是一樣惹人厭。」

里卡多小聲說道。

當時的光景在腦海中鮮明浮現。暴力與貪瀆氾濫的中美墨西哥城市，殺人、綁架、與警察或敵對組織的街頭火拼都是家常便飯，路上隨處可見殘缺的屍體。

造成十幾萬人死亡的毒品戰爭——里卡多回想起置身於風暴之中的那段日子，深深嘆一口氣。潛入墨西哥販毒集團的記憶，至今仍持續化為惡夢，侵蝕里卡多的心。

他脫掉被汗水弄濕的T恤，結實的古銅色皮膚上留有三十道傷痕。

里卡多的手掌仍因為恐懼的餘韻而顫抖，喉嚨又乾又渴。他下了床，走向廚房，打開冰箱，拿出寶特瓶，把冰涼的礦泉水灌入喉嚨中。

事隔九年，里卡多現在依然是DEA的臥底探員，為了掃蕩販毒集團努力工作。

近年來，中南美洲的販毒集團積極進軍亞洲，因此DEA派遣探員潛伏至亞洲各國，監視販毒組織的動向。里卡多的相貌和名字都因為九年前的事件曝光了，難以執行墨西哥的臥底任務，因此被派到遙遠的東洋。身為日本混血兒的里卡多，正適合在福岡執行任務。

里卡多現在假扮成末端的藥頭，混進販毒組織的生意中，從谷久院等藥頭及組織關係人身上收集情報。必要時，他會打聽交易時間、毒品保管場所、運輸路線等情報，通知福岡的各大調查機關。

『好像有奸細混入乃萬組周圍。』

谷久院所說的「奸細」正是里卡多。上次的車手就是因為里卡多流出的情報而被捕。

『乃萬組現在正全力尋找叛徒，一旦找到，八成是格殺勿論。』

他回想起谷久院所說的話，再度陷入不安。

——身分會不會再次曝光？

若是被組織得知他的探員身分，或許又會和九年前一樣遭到凌虐——這是里卡多一直擔心的事。從前的心理創傷又被勾起，他全身開始微微顫抖。他抱住自己的身體，試著冷靜下來。

「……看來該收手了。」

乃萬組察覺他的存在並起疑心只是時間的問題，不宜繼續深入追查。現在中止臥底調查並撤退，較為安全——這樣的念頭閃過腦海。

這時，工作用的手機響了。里卡多按下通話鍵，把手機放到耳邊。「喂？」

『里可，是我。』

「……岡薩雷斯啊？」

來電的是華盛頓總部的ＤＥＡ同事，岡薩雷斯探員。他同樣是西班牙裔，和里卡多一樣曾參與掃蕩墨西哥販毒集團的任務。

『怎麼樣？有什麼新動靜嗎？』

「還是老樣子。今天我買了乃萬組的安非他命一百克。」

里卡多會定期向岡薩雷斯探員報告狀況。

『是嗎？』

「不過……」里卡多補充：「乃萬組好像開始懷疑我了，差不多該收手。以後我會保持距離，監視他們的動向。」

『嗯，是啊，最好這麼辦。你可別逞強。』

「我知道。」

『老大也打算把你召回總部。你應該開始懷念美國了吧？』

「是啊。」

『你馬上就可以回來了，我已經毛遂自薦要接替你的工作。我去日本留學過，日語還行。』

里卡多當然求之不得。「這樣幫了我大忙……不過，沒關係嗎？」

『要不然我可能會被派去中國的窮鄉僻壤。聽說駐中探員人手不足。』

「因為那是大國啊。」里卡多笑了。

中國是毒品生產大國，許多販毒組織在暗地裡活躍，因此派遣到當地的探員數量也很多。

『我不會說中文，也不愛吃中國菜，都要外派了，我寧願去日本工作。』

「既然這樣，我很樂意讓賢。」

他們又閒聊幾句之後，里卡多便掛斷電話。

在繼任的人到來之前，把工作做好吧。里卡多立刻坐上車子，前往乃萬組的事務所。他把車停在可將組事務所一帶盡收眼底的投幣式停車場，從車內監視。

因為九年前的事件，里卡多對於臥底任務的態度變得很消極，他自己也察覺到這一點。從前，他更有膽識，敢不計後果地打進組織內部，然而，吃過一次苦頭以後，他就辦不到了。是變得慎重？還是怯懦？無論如何，不必直接與毒品關係人打交道，讓他放下心中的大石頭。

跟監約一小時後，事務所有了動靜。包含少頭目岸原在內的幾個男人搭上黑頭車。

「他們看起來很匆忙……發生什麼事？」

里卡多立刻繳交停車費，發動車子。他小心翼翼地跟蹤，以免被察覺。

車子在國道上行駛了十幾分鐘後，在某棟出租大樓前停下來，身穿黑西裝的男人們紛紛搭上大樓的電梯。里卡多也把車子停在附近的路肩，隨後跟上。他確認電梯的顯示燈，電梯是停在四樓。

這棟大樓的四樓是練團室。

「……他們去練團室做什麼？」

里卡多歪頭納悶。該不會是把毒品存放在這裡吧？

片刻過後，停在四樓的電梯又動了，岸原他們或許回來了。電梯往一樓下降，里卡多藏身在附近的逃生梯窺探動靜。

電梯門打開，一個男人在裡頭，並不是岸原，也不是乃萬組的成員——是個外國人，光頭、長相凶惡、身材高大的男人，粗壯的左臂上有著設計簡單的刺青。

見狀，里卡多倒抽一口氣。

「那個刺青是——」

他再熟悉不過。

「剛才那個男人該不會是……」

外國人離開大樓，走向博多一帶。

里卡多決定放棄岸原等人，改為跟蹤那個男人。

拷問完中國人之後，馬丁內斯聯絡了委託人。被凌虐的男人虛軟無力地躺在練團室正中央。

十幾分鐘後，委託人——乃萬組少頭目岸原帶著幾個手下到來。

「怎麼樣？問出來了嗎？」

「嗯。」馬丁內斯念出寫有中國人供詞的字條，開始報告。「首先，那樁毒品交易中三人被殺的案子，和這幫人好像無關。」

「真的？」

「嗯，他說『不是我們做的』，還說『我們沒有殺人，就算殺了也不會把屍體倒吊起來』。」

馬丁內斯繼續報告。

「這幫人的根據地是中洲的某間麻將館，位於一樓是中餐廳的大樓，毒品也是存放在那裡。最近有外國人委託他們銷貨，但他們不知道對方是什麼來頭。」

「外國人啊……」岸原喃喃說道，催促馬丁內斯說下去。「還有嗎？」

「他還說了一堆對你的怨言：『別以為做了這種事可以全身而退，我們一定會報仇。我的弟兄會殺了你，我們會僱用殺手，殺掉乃萬組的所有人。』」

岸原俯視被拷問的男人，面露賊笑：「哦？我拭目以待。」

中國人把視線從岸原移向馬丁內斯。

「……Gao Mi Zhe……」

男人瞪著馬丁內斯，喃喃說道。

「什麼？」

「Gai Si……Hei Gui。」

很不巧，馬丁內斯不懂中文。雖然這個男人說的應該不是什麼大不了的事，但為求慎重起見，馬丁內斯仍抄下男人的發言。

報告結束之後——

「這是這次的酬勞，收下吧。」

除了約定的金額五萬圓以外，岸原又多給一張萬圓大鈔。

「真大方啊。」

「和平時繳給條子的稅金相比，很便宜了。」

馬丁內斯並未收下。「謝謝你的好意，不過五萬就夠了。」

「真有良心的拷問師，我欣賞你。以後我會多關照你的。」

「那就萬事拜託啦。」

馬丁內斯離開練團室，搭上電梯。

接著，馬丁內斯搭乘地下鐵前往博多一帶。他在博多站下了電車，目的地是馬場偵探事務所——走出ＪＲ博多站筑紫口，步行片刻便可抵達的大樓三樓。門沒有鎖。

「嗨，打擾啦。」

馬丁內斯打了聲招呼，走進屋裡。事務所裡有個男人，他是馬丁內斯業餘棒球隊的隊友，也是這間事務所的住戶之一，林憲明。

「……怎麼？原來是馬丁啊？」林正在看電視。他轉向馬丁內斯站起來。「怎麼了？有什麼事？」

「有點事想拜託你。」

「拜託我？真稀奇。哎，坐下吧。」

在林的催促下，馬丁內斯往會客用的椅子坐下。待林也在他的對面坐下之後，馬丁內斯說明了事情原委。

「事情是這樣的。我受託拷問某個中國人，那個人最後用中文講了幾句話。為求慎重起見，我要查清楚他講了什麼。如果你能幫我翻譯就快多了。」

他拿出抄下中國人發言的字條，念了出來。

「Gao Mi Zhe、Gai Si、Hei Gui……你知道是什麼意思嗎？」

「嗯。」林果然聽得懂。「告密者、該死、黑鬼。」

「什麼意思？」

「告密者是『打小報告的人』，該死是『下地獄』或『去死』之類的意思，黑鬼就是英文的『nigger』，歧視性字眼。」

換句話說，全都是在罵馬丁內斯。

「……早知道就多給他幾拳。」

那個混帳中國人，仗著語言不通就亂罵一通。馬丁內斯皺起眉頭。

「謝啦，林，幫了我大忙。我再請你吃飯答謝你。」說到這兒，馬丁內斯突然想起一件事。「這麼一提，馬羅怎麼了？出門了嗎？」

「馬羅？」林歪頭納悶。

「菲力普．馬羅，私家偵探。你至少看一下錢德勒的小說嘛。」

馬丁內斯面露苦笑，重新詢問：「馬場跑去哪裡？」

馬丁內斯這麼一問，林的表情頓時變了。他板起臉啐道：

「……我管他去哪裡？」

他的聲音之中帶著刺。

「喂喂，發生什麼事？」

「沒有啊。」

林的表情一點也不像是沒事，真是個藏不住心思的男人。大概是和馬場吵架了吧。

「我請你吃拉麵，別生氣了。」

一方面也是為了答謝林替自己翻譯中文，馬丁內斯帶著林前往中洲。

屋裡很亂，所以林打掃了，只是這樣而已。這不是今天才有的事，平時也常發生，林不知打掃過幾次。

然而，馬場居然莫名其妙地發起脾氣。

『你幹了啥好事！』

博多腔的怒吼響徹事務所。

『啊？』林一頭霧水，歪頭納悶。『你幹嘛突然發脾氣？』

不過是打掃而已，他到底怎麼了？

林一臉錯愕，馬場又大聲怒吼：『你幹啥自作主張呀！』

『喂，等等。』被罵得狗血淋頭，林不可能默不作聲。他皺起眉頭反駁：『什麼叫自作主張？虧我特地幫你打掃屋子——』

『擅自把別人的東西丟掉！你是白痴麼！』

馬場的怒氣依然未消，口沫橫飛地大罵。

『那麼髒的球，丟了有什麼關係！』

林也不甘示弱地高聲反駁。

『當然有關係！那顆球是——』

說到一半，馬場突然停住了。

現場變得鴉雀無聲。

『那顆球是什麼？』林轉過身，目不轉睛地瞪著對方。『說啊！』

馬場沉默下來。他沒有回答，只是用不悅的聲音喃喃說一聲：『算了。』便背過身去，焦慮地走出事務所，用力甩上門，踩著咚咚作響的腳步聲離去。

——這就是昨晚發生的事。

「什麼叫『算了』啊！莫名其妙！」

鏗！林用力放下酒杯，大聲說道。

林和馬丁內斯一起來到中洲的路邊攤「小源」，一面吃著福岡名產豚骨拉麵，一面對大家說明昨晚發生的事。鄰座的馬丁內斯安撫他「哎，冷靜點」，眼前的店老闆源造也勸他「別那麼生氣」。

榎田也來到了攤位上。聽完林的一番話，他歪頭納悶：

「馬場大哥很少會氣成那樣耶。」

「是嗎？他總是在生氣啊。上次比賽時也是氣呼呼的。每次我失誤，他都大呼小叫，吵死了。」

「哎，那倒是。」

馬場平時溫和穩重，但是一旦有人踩到他的地雷就會性情大變，其實是個情感起伏很大的男人，尤其是牽扯到棒球的時候。不過是在比賽中稍微失誤而已，就被他罵個臭頭——回顧過去，林更加氣憤了。

「那傢伙對其他人都不會說什麼，只會對我生氣……越想越不爽。」

「那是因為對於馬場大哥而言你就像小——弟弟一樣。」

「……你剛才想說『小孩』吧？」林狠狠瞪了榎田一眼。誰是小孩啊？馬場才像小孩吧！林在心中咒罵。

馬丁內斯笑了。「哎，別放在心上。依馬場的個性，過不久就會忘記他發過脾氣，若無其事地回來啦。」

「我看他這一點也很不爽。」

林用鼻子哼了一聲。

「欸，老爺子。」林對忙著工作的源造說道：「如果有委託上門，別交給那傢伙，交給我吧！」

林要把馬場的工作全搶過來。那種人最好變成無業遊民。

面對林的小小報復，源造啼笑皆非地回答：「是、是，知道啦、知道啦。」

片刻過後，吃完拉麵的馬丁內斯站起來。「我該回去了。」

「啊，我也是。」榎田跟著起身。

「源伯，這是我和林的飯錢。」說著，馬丁內斯拿出一張萬圓鈔。

「啊，我的也一起算吧。」

「……你自己付啦。」

馬丁內斯側眼瞪著順便敲竹槓的榎田，但最後還是付了三人份的飯錢。

「馬丁，謝謝招待。」

林向大方請客的壯漢道謝，馬丁內斯笑道：「別喝太多啊。」輕輕拍了拍林的頭。

馬丁內斯和榎田離開攤車後，林又向源造點酒。

「老爺子，再給我一杯啤酒。」

「喝水就好啦。」

「不要，不喝酒太難熬了。」

林老氣橫秋地說道，催促源造上酒。

源造不情不願地添酒，林又開始發起牢騷。

「……欸，你不覺得很奇怪嗎？我幫他打掃家裡耶！照理說，應該說聲『謝謝』吧？可是他居然罵我白痴！非但沒感謝我，還罵了我一頓……啊，混蛋，一想起來又開始不爽了。」

「馬場為啥氣成那樣呀？」

「誰曉得？」

林被罵得莫名其妙，根本不知道原因。

在他大喝悶酒之際——

「……喂，林。」源造一時好奇，問道：「那是顆啥樣的球呀？」

「只是顆普通的髒球。你看，就是這顆。」

說著，林拿出口袋裡的硬球。

源造瞪大眼睛。「怎麼搞的？你不是說你丟掉了麼？」

「我以為我丟了。」

當時林打算把球扔進垃圾桶，但沒扔準，球掉到垃圾桶外，在地板上滾啊滾的，滾進床鋪的縫隙。

林以為自己把球丟掉了，其實沒有丟成。當林察覺這件事時，馬場早已氣沖沖地衝出事務所，而林也懶得追上去把球還給他。

「快點還給他唄！這顆球不是他的寶貝麼？」源造傻眼地說。

「如果是寶貝，他明說就好啦！他卻不說清楚……」

當時馬場欲言又止，最後還是選擇什麼也不說。這件事更加劇林的焦躁感。

「馬場不愛談自己的事，又不是今天才開始的。」

哈！林嗤之以鼻。「祕密主義者是吧？」

林不知道馬場在隱瞞什麼。他本來自詡深獲馬場信任，看來，他最好修正自己的看法。

「不是的。」源造半是嘆氣地說道：「……他也有他的苦衷。他不說，是不想把你扯進他的私事裡。」

「什麼意思？」林忿忿不平地問道：「他有什麼苦衷？」

「剩下的你去問本人唄。」說著，源造把球遞給林。「快點拿去跟他賠不是。」

「啊？為什麼是我道歉？」

「你要成熟點呀，林。」

「我很成熟，是他太幼稚了。」

「男人要寬宏大量一點。」說著，源造眨了眨眼。

面對人生老前輩的溫言勸諫，林一臉不快地嘟起嘴巴。

「除非他跪在地上跟我磕頭，不然我絕不原諒他，球也不還他。」

看來是勸不動啦。源造嘆一口氣。

「……那小子現在不知道跑去哪裡遊蕩？」

源造惦念著馬場，林則是滿不在乎地說：「誰曉得？」

位於中洲的「10thousand」是今年即將迎接十五周年的老牌夜店。店內大聲播放著震耳欲聾的音樂，年輕人在ＤＪ的鼓譟下舞動。

馬場在吧檯一角喝著瓶裝的 ZIMA 牌啤酒。

他很久沒來這家店了。二十幾歲的時候，他常來店裡徹夜豪飲，但現在已經鮮少光顧。

好一陣子沒來，夜店的客群似乎有了大幅改變，從亞洲人到黑人，店內多出許多外國人的身影。顯然並非從事正當行業的人，在店內深處的ＶＩＰ室裡進進出出，男廁中還有藥頭在向年輕人兜售白粉。

從前這裡沒這麼危險。馬場一面喝酒，一面喃喃自語：「真是世風日下呀。」

在店裡開始播放拉丁浩室（Latin house）音樂時——

「——欸！」

突然響起一道女聲。

「可不可以請我喝一杯？」

這麼一提，他年輕的時候常像這樣被女人搭訕。自己還是很有行情呀——馬場在心中竊笑。

是誰？馬場側眼望向搭訕的女人，不禁瞪大眼睛，叫出聲來：「呀！」

是熟識的女人。

「小百合！」

短髮、身材修長，擁有與這個場合格格不入的高雅氣質的小百合，是暗殺業的同行，也是馬場的前女友。

「妳在這裡幹啥？」

原來她已經回國了嗎？

「工作，和委託人見面。」小百合指著ＶＩＰ室的方向。「你呢？難得你會來這種地方。」

「很久沒來了，突然想來看看。」

小百合也向酒保點了同樣的酒。用剛開的ZIMA牌啤酒乾杯之後，兩人繼續聊天。

「……欸，小百合，我有事想拜託妳。」

「什麼事？」

「今天可不可以讓我借住一晚？拜託！」

馬場在臉前合起雙掌，但小百合一口拒絕。「不要。」

「咦？怎麼這樣……」

「別到處遊蕩，回你自己的家吧。都幾歲的人了。」

面對這番嚴厲的訓斥，馬場面露苦笑。

「……我現在不方便回去。」

「哦？」小百合微微地笑了，窺探馬場的臉龐。「你和那個男孩子吵架了嗎？」

被小百合一語道破，馬場啞口無言。

「所以沒地方可去，才會反常地在這種店裡喝酒消磨時間。」

「……啥事都瞞不過妳呀。」

她還是一樣敏銳，馬場聳了聳肩。

「你們為什麼吵架？」小百合詢問，馬場說出了來龍去脈。

聽完，小百合啼笑皆非地嘆一口氣說道：「快去向他道歉吧。」

「不。」馬場搖頭。「我不能在這種事情上讓步。」

有寶貴回憶的物品遭人擅自丟棄，自己豈能輕易低頭。

小百合面露苦笑。「九州男兒的頑固真讓人傷腦筋。」

「男人是種珍惜回憶的生物。」

「老是執著於回憶，小心失去更重要的事物。」

她說話總是一針見血。「哎，也許唄。」馬場喃喃說道。

「啊，對了。」

小百合一口氣喝乾了啤酒。她想到一個好主意。

「我看你好像很閒，不如幫我工作吧。」

離開源造的攤車之後，榎田和馬丁內斯一同走在夜晚的中洲街道。他們經過「10thousand」俱樂部所在的大樓前方，走進無人的小巷中。

榎田邊走邊詢問馬丁內斯：「乃萬組的委託進行得如何？」

乃萬組的岸原尋找拷問專家時，是榎田介紹馬丁內斯給他的。

「嗯，是份很輕鬆的工作。」

「告訴我詳情嘛。」

榎田催促。身為拷問師的馬丁內斯是榎田重要的情報來源之一。

馬丁內斯開口說道：「乃萬組的兩個流氓和一個自營藥頭被殺，岸原他們懷疑凶手是和乃萬組有恩怨的中國人組織，不過好像不是中國人幹的。」

「……我大概知道那件案子的凶手是誰。」

「真的假的？」馬丁內斯興奮地問道。

「嗯，確實不是中國人幹的。」

「那凶手是誰？」

「殺手小丑。」

「啊？你說什麼？」

在馬丁內斯如此詢問的瞬間——

「——別動。」

背後突然傳來一道銳利的聲音。

榎田和馬丁內斯同時停下腳步。事出突然，他們一陣緊張，猛然回身一看，只見有個男人佇立在那兒，正舉槍指著馬丁內斯。

「雙手舉起來。」

男人下令。

榎田乖乖遵從陌生男人的指令，身旁的馬丁內斯也一樣，緩緩將掌心轉向對方。

榎田在一片昏暗中定睛凝視對方。男人年約三十歲，上半身穿著黑色的騎士皮夾克，下半身穿著卡其色的工作褲加靴子，光看裝扮無法判斷他的身分。

他比馬丁內斯瘦，但同樣是肌肉型體格，因此穿在底下的灰色T恤顯得有點緊；五官端正且深邃，留著偏短微捲的黑色削邊頭。他的膚色略深，顯然混有外國血統，看起來像是亞裔也像是西班牙裔。從他的體格和動作，可以看出他是個練家子，手上拿的是自動手槍。

「你——」

看見男人的臉，馬丁內斯瞪大眼睛，驚訝地叫道。

「馬丁大哥，你認識他？」

「……嗯，是啊。」馬丁內斯點了點頭，面露苦笑。「是我從前的男朋友，大概是忘不了我才追到這裡來的吧，真是個痴情的傢伙。」

馬丁內斯是同性戀，交過男友不足為奇，但被前男友拿槍指著，可就不尋常了。他們分手時到底鬧得多不愉快啊？不，他們真的是情侶嗎？榎田滿腹疑惑。

「榎田，你先回去吧。」馬丁內斯說道：「我想和他單獨談談。」

接著，他把視線轉向男人。

「這傢伙是局外人，讓他離開吧？」

馬丁內斯想讓榎田逃走，男人也同意了，用下巴示意榎田：「走吧！」在這段時間內，男人依然殺氣騰騰地瞪著馬丁內斯並用槍指著他，彷彿隨時要扣下扳機。

「欸，不要緊嗎？」

榎田詢問，馬丁內斯笑著點頭。「嗯，不用擔心。」

「你多小心。」

啪！榎田拍了拍馬丁內斯的背部，離開現場。

榎田一面返回充當住處的網咖，一面把耳機塞進耳朵裡。

『——誰是你從前的男朋友？』

男人的不快聲音傳來。收訊狀況良好。

臨別前，榎田趁著拍馬丁內斯的背時，偷偷把竊聽器放進他的衣服口袋中。那是紅背蜘蛛型竊聽發訊器。只要有這玩意兒，不但可以偷聽他們的所有對話，也能掌握他們的行蹤。

榎田豎耳傾聽從耳機傳來的兩個男人的聲音。

『沒辦法啊。』

這回是馬丁內斯的聲音。

『剛才那個男人是情報販子，好奇心旺盛，要是說真話，他一定會追根究柢。』

聽了馬丁內斯的話，榎田面露賊笑：「很了解我嘛。」

這下子可麻煩了，馬丁內斯在心中咂一下舌頭。

男人的槍口依舊指著馬丁內斯，踩著吱吱作響的工作靴緩緩走過來。

他用槍口抵著馬丁內斯的心臟，低聲詢問：

「誰是你從前的男朋友？」

馬丁內斯高舉雙手笑說：「你忘了在維拉克魯茲的飯店發生的事了嗎？虧我當時在床上那麼疼愛你。」

「在我全身上下割三十刀、用古巴產的高級雪茄燙我，就是你的疼愛方式？」

「當時你梨花帶淚的表情真是棒極啦。」

馬丁內斯面露賊笑，如此說道，話一說完，腹部便竄過一陣衝擊。

對方的膝蓋嵌進胃部一帶，令馬丁內斯發出呻吟。他摀著肚子，瞪著男人的臉說：

「很痛耶，混蛋。」剛才吃的拉麵險些吐出來。

男人回瞪馬丁內斯。「居然說那麼噁心的話。什麼從前的男朋友，聽了就想吐。」

他對於剛才的發言似乎很不滿，怒不可遏，這回用手槍抵住馬丁內斯的額頭。

這下子真的麻煩了，饒了我吧——馬丁內斯一面如此暗想，一面辯解：「沒辦法啊。剛才那個男人是情報販子，好奇心旺盛，要是說真話，他一定會追根究柢……你願意這樣？」

聞言，對方沉默下來。

「要是他追查下去，你可就麻煩了吧？理查……哦，你的本名是『里卡多』？」

馬丁內斯呼喚過去逼問出的名字，里卡多一臉不快地訂正：「現在是村上。」

他使用假名，代表他現在又潛入某個組織裡。

「你還是一樣，老是幹臥底工作，這樣有再多條命都不夠用。」

「這句話是我要說的，亞歷克斯。」

「現在是何塞・馬丁內斯。」馬丁內斯也訂正對方。他瞇起眼睛，又補上一句：

「叫我『佩佩』也行。」

「佩佩」是何塞這個名字常用的暱稱。里卡多啐道：「誰要這樣叫你啊！」

「話說回來，好久不見啦，里可。九年沒見了吧？」馬丁內斯故作開朗地說道：「一開始我還沒認出你。從前的你活像切．格瓦拉，現在變得清爽多啦。」

當時，里卡多留著鬍鬚及燙過的長髮。為了假扮成販毒集團的藥頭，他故意打扮得邋裡邋遢。

「你也變了很多啊。要不是手臂上的刺青，我都認不出你了。」里卡多看著馬丁內斯，用鼻子哼了一聲。「從前你的頭髮很茂密，沒想到這麼年輕就禿頭，真可憐。」

「我是剃掉的。沒禮貌的傢伙。」

馬丁內斯也同樣換了副樣貌。為了避免被昔日同夥找到，他剃掉所有頭髮和鬍鬚，改頭換面，重新做人。

然而，昔日同夥之一的里卡多現正站在自己眼前，這種狀況讓他傷透腦筋。

「——好了，找我有什麼事？」

馬丁內斯其實心裡有數，卻故意裝蒜，如此詢問。

「我有很多事想問你。」里卡多瞪著他回答。

我想也是——馬丁內斯點頭。「這樣啊？看來有得聊了。換個地方吧。」

「……嗯，就這麼辦。」

里卡多也點頭同意。或許這次可以和平解決——馬丁內斯暗自期待，但是他太天真了。這回換成頭部竄過一陣衝擊，里卡多給了馬丁內斯一擊。

馬丁內斯呻吟一聲，當場倒地。他的頭痛得厲害，八成是遭手槍毆打太陽穴。雖然他咬緊牙根，努力保持清醒，卻無法阻止意識遠去。

三局上

「……啊，頭好痛。」

縱使再怎麼為宿醉所苦，工作還是得妥善完成，這就叫職業道德。林抱著抽痛的腦袋步行前往中洲。

林叮囑源造把工作轉介給自己，源造隨即介紹了一份工作。委託人似乎是中國裔的犯罪組織，成員為在日中國人與他們的第二代、第三代，靠著販毒獲利，從自古以來便存在的鴉片類毒品到地下組織開發的新型藥物，應有盡有。

雖然是個令人興趣缺缺的工作，但總比待在事務所裡無所事事要好。

中洲一角某條日照惡劣的馬路上，有棟老舊的出租大樓，一樓是中餐廳，林被叫到樓上的麻將館。

組織成員圍著底端的麻將桌聚在一起。他們全都穿得很輕便，有的在抽菸，有的在喝酒，看起來像是一群喜歡打麻將的普通人，不過麻將館本身似乎早已歇業，沒有其他客人。

見林到來，坐在椅子上的瞇瞇眼男人開口問：「你就是林憲明？」

「嗯。」林點了點頭。「沒錯。」

「聽說你是個厲害的殺手。」

對方操著略帶中國腔的日語說道，林回答：「是啊。」

「坐吧。」

男人示意林在空位坐下，林卻一屁股坐在麻將桌上。

「……啊，頭好痛。」林摀著太陽穴，皺起眉頭問：「欸，這裡有沒有藥？」

「藥？」所有中國人都歪頭納悶。「海洛因嗎？還是古柯鹼？」

「不，不是那種藥，是可以止痛的。」

「嗎啡嗎？」

「不，我是想要頭痛藥之類的。」

聞言——

「這個給你。」

某個中國人遞了個兩公分大的容器給林，裡頭裝著透明液體。

「這是一個叫獸王的組織開發給戰場上的士兵使用的嗎啡新藥，比起普通的嗎啡，即效性更強，只要一喝，疼痛就會立刻消失。」

只不過是宿醉就打嗎啡，未免太小題大作。

「……謝謝。」林接過藥，放進口袋裡。

總之，至少他明白這幫人會經手各式各樣的藥物。

「——你們要我殺誰？」

林在依然頭痛欲裂的狀態下切入正題。

「乃萬組。」

其中一個男人回答。

「乃萬組？」

「福岡的日本黑道。」

一提起乃萬組，眾人臉色都變了，七嘴八舌地嚷嚷：

「那幫人凌虐我們的弟兄！」

「不能放過他們！」

「宰了他們！」

「……別大呼小叫的，我的頭更痛了。」

林摀著額頭喃喃說道。

「所以呢？只要我把乃萬組的人全都殺光就行了吧？」

「不。」男人搖頭。「我們一個姓周的弟兄被乃萬組帶走，我要你把他救回來。」

接著，他把視線轉向同夥之一說道：

「這個男人會替你帶路。」

據他們所言，那個姓周的男人被關在親富孝路的某間練團室，是和周在一起的同夥跟蹤乃萬組的流氓查出來的。林立刻坐上替他帶路的中國人駕駛的車，前往目的地。

從親富孝路轉入一條窄巷，前進片刻之後——

「就是那裡。」

帶路人說道，把車停在路肩。

「周被帶去那棟大樓的四樓。」

「四樓是吧？我知道了。」

林下了副駕駛座。「你在這裡等我。」林這麼說，帶路人卻說「我也要去」跟了過來，大概是擔心他的弟兄。「搞不好會遇上乃萬組的人喔。」林雖然如此忠告，但還是隨他去了。

兩人走逃生梯上四樓，從門縫間窺探樓層的情況。通道前即是練團室的門。

片刻過後——

「……有人出來了。」

門打開，兩個男人走出來，八成是乃萬組的成員。他們鎖上門，正打算離開。

「在我打暗號前，你躲著別出來。」

林如此命令帶路人，跳到通道上。

雖說是流氓，但對手只有兩個人，林決定正面進攻。

「奇怪……聽說是這棟大樓啊……」

他偽裝成迷路的女子靠近雙人組。

看見突然出現的林，流氓瞬間露出警戒之色。

「——啊，對不起，可以請教一下嗎？」

林笑容滿面地打招呼，兩人似乎以為他是普通老百姓，放鬆戒心。「我在找這家店。」說著，林拿出智慧型手機，對方也跟著屈身窺探畫面。

林趁機抓住男人的後腦，給了一記膝蓋踢。

男人摀著頭跪下來，林毫不容情地朝著痛苦的對手臉部施展迴旋踢，男人的頭狠狠地撞上牆壁，就這麼倒在地板上。

一個解決了，還剩一個。

林轉向另一個流氓。他迅速鑽進愣在原地的男人懷裡，揮拳毆打心窩。男人發出微小的呻吟，倒在同夥的身上。

林翻找昏倒的兩個男人懷中。

「鑰匙在……哦，有了、有了。」

拿走房間的鑰匙後，林向帶路人招手，示意他過來。

兩人開門入內。

只見一個男人躺在空蕩蕩的練團室中央。

「周！」見狀，帶路人瞪大眼睛，大叫著慌慌張張地奔向男人。「周！振作點！周！」

「……沒用的。」林伸手探向男人脖子上的脈搏，喃喃說道：「他死了。」

還有溫度，大概是剛剛才被殺的。他們慢了一步。

屍體的狀態十分淒慘，似乎被痛毆過，鼻青臉腫，渾身瘀青。

林突然想起一件事。這麼一提，馬丁內斯說過他接下一份拷問中國人的工作，該不會……林搖了搖頭。應該和這件事無關吧。

仰躺的周肚子上放了一張紙，上頭插著刀子，紙上用潦草的字跡寫著：『滾回你的國家，中國混蛋。』

看這挑釁的文字，乃萬組顯然料到中國販毒組織的成員會找上門來。

「喂！」林厲聲對撫屍哀慟的帶路人說：「此地不宜久留，快走吧！」

「——岸原先生。」

乃萬組的岸原在常去的高級俱樂部裡飲酒作樂時，親信靠上前來喚道。

和眾多美女公關打情罵俏的時光被打擾，岸原皺起眉頭，一面靠向椅背，一面問道：「什麼事？」

手下小聲附耳說：「是關於留在練團室裡的中國人屍體的事。」

「……別提那種敗壞酒興的話題。」

「屍體不見了。」手下並未理會，繼續報告。「他的同夥似乎來救人了。」

正中他的下懷。

「果然來了，比預料中的快。」

「當時，我們組裡的兩個弟兄正好遇上對方，因此受了傷，但沒有生命危險。」

「那就好。」

「一點也不好。對方的手法很俐落，八成是職業殺手。是不是該想個對策？」

據那個拷問師所言，姓周的中國人說過「一定會報仇」，還說「會僱用殺手，殺掉乃萬組的所有人」。那幫中國人的同伴意識很強，見了周的慘狀，現在一定勃然大怒。因為同夥被殺而怒不可遏的他們僱用殺手奇襲乃萬組，是顯而易見的事態發展。

「用不著擔心，我已經做好防備。」岸原面露賊笑：「我也僱了殺手。」

之後，林和哭哭啼啼的帶路人一起把男人的遺體搬到車上，返回中國販毒組織的根據地。

他們把塑膠布裹著的周搬進麻將館，放在麻將桌上。中國成員圍住了屍體。面對無言歸來的弟兄，眾人意志消沉，同時激憤不已。

「是岸原下令殺了他的。」

「絕不能放過乃萬組那幫人！」

「宰了岸原！」

「這次換我們綁架岸原。」

「對，好主意。」

「就這麼辦。」

林只是默默從麻將館角落望著他們。看來他們似乎決定要報仇了。

「我們要綁架岸原，你也來幫忙。」

帶頭的男人對林說道。

「可以啊，只要付我酬勞的話。」林點頭，接著詢問：「你們打算怎麼抓那個叫岸原的傢伙？」

「趁他坐車的時候下手。」其中一人回答。

「監視他家。」另一個男人繼續說道：「這樣比較容易下手。」

「——那麼，岸原家在哪裡？」

面對林的問題，中國人全都沉默下來。

看來沒有人知道敵人的住址。這樣要怎麼襲擊岸原？原來只是說說而已？林嘆一口氣。真是一群麻煩的傢伙。

「我替你們查，記得算在酬勞上。」說著，林立刻撥打電話。通話對象是熟識的情報販子。「……啊，喂？榎田嗎？」

『嗨。』榎田回答，接著問道：『你和馬場大哥和好了嗎？』

經他這麼一問，林才發現自己把那傢伙的事忘得一乾二淨。

不過，現在要緊的不是這件事。林啐道：「我現在沒空管他啦！有工作。立刻幫我調查乃萬組岸原家的住址。」

三局下

與維拉克魯茲集團的老大拉米羅．桑切斯相識時，亞歷杭德羅．羅德里奎只有十六歲。

生長在貧困大家庭裡的少年亞歷杭德羅，通過多明尼加共和國首都聖多明哥的某所大聯盟學院的入學考試，以加入大聯盟為目標，過著天天練球的日子。成為大聯盟選手養家餬口是亞歷杭德羅的夢想，多明尼加的大多數棒球少年也都懷抱著同樣的美國夢。

然而，亞歷杭德羅的夢想很快就破碎。在學院裡，他認識了許多怪物，他們擁有自己無法比擬的傑出才能，與再怎麼努力也無法匹敵的球感。

——我不可能和這些人抗衡。像我這樣的凡人，根本不會有大聯盟球團找上我。別說大聯盟了，連進３Ａ都有困難。

認清現實的亞歷杭德羅不久就離開學院，接著便一路墮落。不到半年，他就淪落為在聖多明哥暗巷裡廝混的幫派成員，用為了揮棒而鍛鍊的手臂對人施暴，並用為了跑壘而鍛鍊的雙腳甩掉警察的追蹤。給貧困家人的生活費都是靠著搶劫觀光客賺來的。

在這樣荒唐度日的某一天，有個幫派弟兄向他報了一條賺錢的門路。聽說有個墨西哥販毒集團的老大來到聖多明哥，正在招募組織成員。

亞歷杭德羅躍躍欲試。說到墨西哥的販毒集團，做的是美國生意，賺的是大把美金。他心想，倘若能加入集團，或許可以過上比現在更好的生活。

對方指定的地點是聖多明哥治安惡劣地區的某座廢棄工廠。亞歷杭德羅抵達的時候，已有十幾個和他一樣的年輕幫派成員在場，全都是想靠毒品生意大撈一筆而前來應徵的小混混。

片刻過後，拉米羅．桑切斯老大帶著大批手下現身。他雖然矮小，但不愧是販毒集團的老大，威嚴十足，身穿白西裝和俗氣的花襯衫，頭上戴著白色寬邊高呢帽，右腕的金錶和脖子上的同色項鍊散發著刺眼光芒；深色墨鏡遮住他的眼睛，留著漂亮鬍鬚的嘴巴叼著雪茄吞雲吐霧，活脫就是毒販老大的派頭。

『我們人手不足，隨時在徵求優秀的人才，希望你們也能成為我們的一分子。』

聽了拉米羅老大的一番話，小混混們的雙眼都閃閃發亮。

『不過，在那之前，要先測試一下你們夠不夠資格加入。』

拉米羅老大對著手持AK－47——有cuerno de chibo（山羊角）之稱的衝鋒槍——的手下打了個信號。在他的命令之下，手臂刺有S形刺青的手下帶了一個人過來。

那是個衣衫襤褸的男人，看起來活像俘虜，似乎被毆打過好幾次，右眼上方腫起，缺少門牙，滿臉都是血。

拉米羅瞥了男人一眼說：『這傢伙是組織的叛徒，出賣弟兄給警察的蟾蜍。』

接著，他對亞歷杭德羅等人下令。

『我要你們輪流毆打這傢伙，看是要打頭、身體或什麼地方都行，愛打幾拳就打幾拳。不過，別手下留情。』

拉米羅所說的測試即是對這個男人施暴。

測試隨即開始。年輕人按照吩咐排成一列，輪流毆打男人。拉米羅樂不可支地看著這一幕。

那男人遍體鱗傷、氣若游絲，淒慘的模樣令亞歷杭德羅不忍卒睹。

『——輪到你了。』

接著輪到亞歷杭德羅。

他與男人四目相交。『住手，救救我！』男人拚命訴說，無助的眼神直刺著亞歷杭德羅。

男人再這麼繼續挨打，或許會死；就算運氣好活下來，也還有販毒幫眾的嚴刑拷打等著他。

亞歷杭德羅心生憐憫。他同情這個悲哀的男人。

讓他早點解脫吧。

亞歷杭德羅動了。他走向附近的拉米羅手下，搶走對方腰間的手槍。

——我會幫你脫離這個地獄。

亞歷杭德羅扣下扳機，射穿男人的眉頭。

槍聲響起，現場的空氣瞬間緊繃起來。

男人一槍斃命，還來不及感受痛苦就死了。

這是亞歷杭德羅頭一次殺人，然而，說來不可思議，他並沒有罪惡感，甚至有種做了好事的感覺。他拯救一個男人的靈魂，神一定會赦免他。

不過，販毒集團的人可不一定會饒過他。拉米羅的手下團團圍住亞歷杭德羅，同時舉起衝鋒槍。十幾把ＡＫ－47對準他的身體，只待拉米羅一聲令下，就會扣下扳機。

『……我叫你「golpéalo（打他）」，沒叫你「mátalo（殺他）」。』

拉米羅老大開口了。他用平靜的聲音質問亞歷杭德羅。

『你為什麼開槍？』

亞歷杭德羅違背老大的命令，如果不找個好藉口，他會當場遭衝鋒槍打成蜂窩，瞬間被處死。

不過，若是好好利用這個機會，或許反而能討好拉米羅。必須賭上一把。

『我想讓你看看我的槍法。』

亞歷杭德羅露出笑容說道。他在維拉克魯茲毒王的面前虛張聲勢，其實內心嚇得快失禁。

『欸，桑切斯先生，這種遊戲你要玩到什麼時候？』

聞言，拉米羅老大皺起眉頭。『……什麼？』

『你的集團要的是很會打拳的小鬼頭嗎？』亞歷杭德羅反問：『應該不是吧？你們要的應該是殺人不眨眼的冷酷人才，對吧？拉米羅老大——亞歷杭德羅筆直凝視著拉米羅，用強而有力的視線如此訴說。

拉米羅老大用掂斤估兩的眼神望著亞歷杭德羅。短短數秒間的沉默，感覺起來格外漫長。

說來幸運，維拉克魯茲毒王是個通情達理的男人。他面露賊笑，點了點頭。

『……嗯，的確，你說得沒錯。』

在緊張的氣氛之中，唯有拉米羅老大的笑聲響徹四周。

『這小鬼有意思，我喜歡！』

他笑了一陣子之後，蹲在亞歷杭德羅射殺的屍體旁，端詳屍體的臉。他望著貫穿眉頭的彈孔，心滿意足地說：『不偏不倚。槍法不差，最重要的是有膽識。這小子派得上用場。』

接著，拉米羅把視線轉向亞歷杭德羅。

『你叫什麼名字？』

聽他詢問，亞歷杭德羅報上自己的名字。『亞歷杭德羅．羅德里奎。』

拉米羅重新點了根雪茄。

『跟我來，亞歷克斯。從今天起，你也是我的夥伴。』

說完，拉米羅轉過身。

如此這般，亞歷杭德羅——亞歷克斯成為拉米羅．桑切斯的手下。自此以後，他逐漸往上爬，殺了許多人，成為拉米羅老大的左右手，也就是人人畏懼的「維拉克魯茲處刑人」。

——感覺上猶如作了一場漫長的夢。

馬丁內斯努力撐開沉重的眼皮，醒了過來。

「你醒啦？」

身邊響起一道聲音。

在模糊的視野中，他看見坐在折疊椅上的里卡多。

「……這裡是哪裡？」

馬丁內斯如此問道，視線四處游移。

這裡似乎是某處的公寓，房裡除了椅子以外空無一物，相當簡陋。

「ＤＥＡ的安全屋之一。」里卡多冷淡地回答。「感覺如何？」

「……糟透了。」

馬丁內斯頭痛欲裂。他被打昏以後，似乎睡了好幾個小時。

「啊，混蛋，頭昏腦脹。幹嘛突然打人？別打頭行不行？沒東西防護，很痛耶。」

「畢竟你少年禿嘛。」

「我不是說過我是自己剃掉的嗎？」

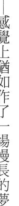

劇烈的頭痛和無禮的發言讓馬丁內斯不禁皺起眉頭。

「你這副模樣挺帥的啊，亞歷克斯。」

「別叫我這個名字。」

馬丁內斯知道從前的債主總有一天會找上門，只是沒想到會來得這麼快。與里卡多睽違九年重逢的那一瞬間，馬丁內斯便做好了最壞的打算。

——我會被逮捕？還是被殺掉？

對方目前好像還沒打算要他的命，但也沒讓他自由活動。他坐在椅子上，雙手被手銬銬在背後，雙腳也被綁在椅子上。

「喂喂，有必要這樣嗎？」

「要是讓你跑了，可就傷腦筋。」

「我不會逃跑，也不會躲起來。」馬丁內斯嗤之以鼻。「把手銬打開。」

「不行。」

里卡多一口拒絕，站了起來，緩緩走向馬丁內斯。

「我要問幾個問題。」他站在馬丁內斯面前下令：「老實回答我。」

「好啊，隨你愛問什麼都行，比如三圍之類的。」

「別耍嘴皮子，小心我在你的舌頭上打洞。」里卡多摸了摸手槍給馬丁內斯看，並開始審問。「你現在在幹什麼？做什麼工作？」
「領薪水的整骨師。我已經金盆洗手。」
「少騙人。」里卡多啐道：「已經金盆洗手的人怎麼會跟乃萬組的人見面？」
「我沒有啊。」
「你們在親富孝的練團室見了面。」
「有嗎？」
在馬丁內斯歪頭的瞬間，里卡多的拳頭飛了過來。
右臉頰被狠狠揍了一拳，馬丁內斯險些連人帶椅倒下。他用單腳勉強撐住身子，大吼：「很痛耶！你幹嘛啊！」
「你該慶幸自己只有挨揍而已，混蛋基佬。」
嘴巴似乎破皮了，有股鐵味。馬丁內斯把混著血絲的口水吐在地板上，回答：
「……OK，我會老實說的。」
「你從一開始就該這麼做，白痴。」里卡多咒罵。他還是老樣子，嘴上不饒人。
「我現在在做拷問的工作。」馬丁內斯說道。
「拷問？」里卡多嗤之以鼻。「這種工作很適合你這個混蛋虐待狂。」
「我不是虐待狂。」馬丁內斯聳了聳肩。「普通虐待狂當不了職業拷問師。這是一門高尚、充滿藝術性又纖細的行業，只有心地善良的紳士才能從事。」

「我沒空聽你的拷問師講座，快點說下去。乃萬組的岸原委託你工作？」

「……嗯，是啊。」若是撒謊，不知道里卡多會怎麼對付自己。雖然對身為委託人的乃萬組過意不去，但馬丁內斯決定老實回答。「他們要我折磨某個男人，問出情報。」

「那個男人是誰？」

里卡多詢問，馬丁內斯回答：「販毒組織的中國人。」

四局上

「你們聽清楚了沒？」林對著中國人再度確認。「計畫都記住了吧？」

在場的四人同時點頭。

包含林在內的五人，全都穿著烏漆抹黑的皮衣。他們正要去綁架乃萬組的少頭目岸原。

計畫內容如下。

透過榎田的調查，他們得知岸原住在赤坂。岸原每天深夜都會去健身房運動，林等人決定趁他出門前往二十四小時營業的健身房時下手。

他們準備了兩輛雙人座的機車和一輛八人座的廂型車。包含林在內的四個人騎乘機車，一個人開車。

首先，一輛機車騎到岸原的轎車前方擋住去路，倘若能趁機射殺司機更好。

另一輛機車趁暗靠近，堵住車子的後路，以防目標逃走。林就坐在這輛機車的後座。接著，用鐵撬打破車窗，以機車車身為掩護，用槍指著岸原等人，威脅他們不准抵抗。然後林迅速地跳下機車，刺破轎車的輪胎，使對方無法移動。收拾同坐在轎車上的岸原親信也是林的工作。

廂型車停在現場附近待命，待擒獲岸原上車以後，眾人便迅速逃走。這麼一來，計畫就大功告成。

凌晨兩點，一輛高級黑頭轎車停在岸原家的公寓前。車窗是鍍膜玻璃，看不到車裡的狀況，但是從車子大小判斷，頂多只能乘坐五個人。

數分鐘後，穿著運動服的岸原現身，坐進後座。

車子駛離了。

「——作戰開始，走吧！」林一面戴上全罩式安全帽，一面說道。

在林的一聲令下，所有成員一齊展開行動，兩輛機車開始追逐岸原乘坐的轎車。

第一輛機車追過即將駛進窄巷的轎車，停下來擋住去路。喇叭響了幾次，機車騎士拿出手槍，朝擋風玻璃開槍。透過事先的調查，他們知道這輛車並非防彈規格。子彈命中頭部，司機靜止不動了。岸原的小弟連忙衝下車，但還無暇反擊，就被子彈射中，摀著肚子蹲下來。

林乘坐的機車也緊貼著車尾停下來。林跳下後座，俐落地拿刀刺破轎車輪胎。

到目前為止，全都按照計畫進行。

然而，下一瞬間——

「嗚啊！呃！」

突然傳來中國人的慘叫。是載運林的機車騎士。

林心下一驚，回頭觀看，只見一道人影竄入眼簾。一名黑衣男子在黑暗中活躍著，他身材修長，拿著一把長兵器——是日本刀。

那個男人首先挺刀刺向某個中國人的手臂，並用刀鞘打掉手槍，接著又衝向另一輛機車的雙人組。中國人慌慌張張地對著逼近的黑影開槍，但子彈全被躲開。

一進入攻擊範圍，男人便揮刀砍向兩人。

所有中國人都倒地不起，只剩下林一個人。林立刻舉起中國式匕首槍，緊盯著來路不明的男人。

對手察覺到他，大膽進攻，林及時用刀刃擋住對方的攻擊。刀刃互相撞擊，鏗！尖銳的聲音響徹四周。

在可以聽見對手呼吸聲的極近距離下——直到這時候，林才看清敵人的相貌。

從安全帽縫隙間窺見的光景讓林大為錯愕。

那個男人戴著面具。

——紅色的仁和加面具。

「……馬、馬場？」

聽到林的聲音，對手的動作倏然停止。

——馬場怎麼會在這裡？他接了乃萬組的委託嗎？

疑問閃過腦海。這一分心，使得林沒能防備對手的攻擊。馬場一腳踢來，衝擊襲向腹部，強勁的力道彈開了身體，林的背部撞上混凝土牆，滾落地面。

馬場趁隙偷走林等人的機車，載著岸原颯爽地離去。

林愣在原地，凝視著他的背影。

「……原來他會騎機車？」

雖然一起生活，林對他卻是一無所知。

現在不是叨念這種無聊事的時候。林環顧四周，看見中國人倒臥在地的慘狀，不禁咂了下舌頭。

——計畫失敗了。

小百合在中洲的夜店「10thousand」拜託馬場的事，是代她執行某件工作。一個叫做乃萬組的黑道組織正在徵求本領高強的殺手，因此找上小百合，但不巧的是委託內容並非她的拿手領域。

正好馬場閒得發慌，小百合就把工作推給他。馬場欠了她許多人情，無法拒絕。

馬場代替小百合和乃萬組的少頭目岸原見面，對方委託他當護衛，收拾覬覦自己性命之徒。受僱於地下組織的殺手並不是只幹殺人勾當，也經常做些近似傭兵的工作。

那天晚上，馬場與岸原同行，隨即遇上奇襲，幾名機車騎士想殺岸原。不過馬場萬萬沒想到熟人也在這批暴徒之中。

馬場騎著搶來的機車載著岸原成功逃亡，並把委託人送回乃萬組的事務所。岸原這會兒可無心去健身房了。

「這次你做得很好。」

岸原在十幾個小弟聚集的個人辦公室裡慰勞馬場，並遞出一束鈔票。他補充說那是獎金。

「多虧你在，我才能逃過一劫。那些中國人應該也學乖了吧。」

馬場接下額外酬勞，收入懷中。

「以後也拜託你。」

聽委託人這麼說，馬場默默地點頭，離開事務所。

「——混蛋！」

回到中國人根據地的林大聲咒罵，狠狠踹倒附近的椅子。

「喂，情況如何？」

「岸原呢？」

中國人紛紛探出身子詢問，林用焦躁的聲音回答：「看起來像是成功了嗎？」

計畫失敗，非但未能綁架岸原，己方還有三個人受傷。除了林以外的所有機車騎士，現在都去找固定來往的密醫接受治療。

「發生什麼事？」

帶頭的男人問道，林簡潔地說明剛才發生的事。

「乃萬組也僱了殺手……你們聽過『仁和加武士』嗎？就是一個戴著滑稽面具的殺手。」

聞言，眾人頓時臉色發青。「什麼？」「仁和加武士？」「居然找來這種高手……」他們七嘴八舌地說道，面面相覷。

「喂，怎麼了？」見中國人全都露出明顯的怯意，林大為不快。「那種表情是什麼意思？你們該不會要打退堂鼓吧？對方都騎到你們頭上來了！」

「可是，對手是仁和加武士耶！」成員之一反駁：「我聽過傳聞，他是『殺手殺手』，本領是福岡最強的——」

「那又怎樣？」

林打斷對方，高聲說道：

「是他們先找你們的碴耶！」

這些中國人只是在做生意而已，乃萬組卻強行干涉，無端激怒人，痛毆他們的弟兄，最後甚至把人殺了。

林繼續慫恿這群一聽見仁和加武士的名號便心生膽怯的男人。

「你們只是在做自己的工作而已，他們卻亂發飆，不覺得欺人太甚嗎？」

馬場的臉龐倏然閃過腦海——不過是打掃一下而已，就大發雷霆、奪門而出的自私男人。因為那傢伙，綁架計畫也失敗了。林越想越生氣。

「你們吞得下這口氣嗎？」

林用力握緊拳頭。他下定決心要給馬場一個教訓，繼續煽風點火。

「要是你們忍氣吞聲，在天國的弟兄會傷心的。」

弟兄——聽見這個字眼，中國人的表情也變了。
「嗯，沒錯。」
「這樣周會死不瞑目。」
「我們動手吧！」
「替他報仇！」
中國人圍住麻將桌，一臉認真地討論如何報復乃萬組。
片刻過後，他們得出結論。
「既然岸原有仁和加武士保護，我們就針對底下的人。他們妨礙我們的生意好幾次，我們也來妨礙他們。」
「好主意。」
「就這麼辦。」
他們似乎打算在乃萬組交易毒品時攻擊對方，搶走錢和貨物。
中國人下定決心後，林立刻撥打電話。榎田馬上接聽。『喂？』
「喂，蘑菇頭。」
『啊，又是你？和馬場大哥和好了嗎？』
聽見榎田說出的名字，林不禁皺起眉頭。

「不，我要發動全面戰爭。」

『……什麼跟什麼？』

榎田啼笑皆非地回答。

林不管三七二十一，說出要求：「我要乃萬組的交易情報，立刻替我查。」

四局下

「看你的表情，好像知道什麼內情？」

里卡多對於中國人販毒組織產生了些微反應。他是ＤＥＡ探員，基於職業關係，對這類情報知之甚詳。

「欸，里可，你在查什麼啊？」

「下一個問題。」里卡多沒有回答馬丁內斯的問題，繼續提問：「你知道九年前出賣我的人是誰嗎？」

聞言，馬丁內斯回憶往事。

當他還待在集團裡時，拉米羅老大曾和某個檢調人員密會，身為左右手的馬丁內斯也一同前往，地點是維拉克魯茲市內的某家酒吧。拉米羅賄賂與他接觸的檢調人員，得到某個情報——在維拉克魯茲集團裡當車手的理查．路易斯是臥底。

馬丁內斯也認識路易斯。他加入集團已有好幾年了，表現也無可挑剔，沒想到這個男人居然是叛徒，本名叫做里卡多．聖也．奧爾特加，是ＤＥＡ探員。

過去路易斯運送的毒品全被檢調機關查扣了。饒是拉米羅老大，得知這個事實也不禁大發雷霆。拉米羅命令手下立刻去抓路易斯，奉命拷問他的即是馬丁內斯。

當時在墨西哥酒吧裡與拉米羅密會的男人——馬丁內斯一面回憶將里卡多出賣給販毒集團的告密者長相，一面回答：「他只說他在警界裡有人脈，我不知道他的名字。不過，我有看到他的臉，是中南美洲人。」

「是墨西哥警察嗎？」

「或許是吧。那裡是貪官汙吏的大本營嘛。」

因為毒品戰爭，販毒集團之間的火拼自然不用說，販毒集團與警察的槍戰也成了家常便飯。警察做的是搏命工作，薪水卻十分微薄，因此常有人為了賺外快而出賣弟兄，也有人收受賄賂，放任毒品買賣。從前還有某個墨西哥警長擬定佯裝成意外的暗殺計畫，試圖除掉握有自己醜聞的記者。不光是警察，政治也十分腐敗，甚至不乏高喊消滅毒品的高官其實與販毒集團勾結的情形。

「我把那個男人的特徵告訴你，下次叫個肖像畫師來吧。」馬丁內斯說道。

事隔九年，說不定那個男人早已辭職，不當警察了。在墨西哥，警察轉行當毒販並不是什麼稀奇的事。

「這是最後一個問題了嗎？」

面對馬丁內斯的問題，里卡多沉默下來。

馬丁內斯原本以為他問完了，看來他還有問題。

片刻過後，里卡多開口：「……當時你為什麼要救我？」

當時——九年前在飯店發生的那件事。

『——Adios，探員。』

維拉克魯茲處刑人亞歷克斯舉起刀子的瞬間，里卡多已經做好受死的準備。他放棄求生，閉上雙眼，放鬆全身力氣，等待亞歷克斯的一擊。

然而，亞歷克斯揮落的刀刃並未刺入里卡多的身體，而是切斷綁住里卡多的繩子。解開雙手的束縛後，他又切斷綁住里卡多雙腳的繩子。

『……喂，這是什麼意思？』

面對突然獲得的自由，里卡多睜大眼睛。

亞歷克斯並未回答，只是要里卡多別動，並用毛巾仔細擦拭他身上的血。

他到底想做什麼？里卡多驚訝不已。

『止血。』亞歷克斯回答，開始用繃帶替里卡多包紮。『我沒有刺得很深，只是皮肉傷而已。』

里卡多愣在原地，凝視著俐落包紮傷口的殺手。

到底是怎麼回事？這個男人想幹什麼？拉米羅老大明明命令他殺了自己。

──為什麼……？

『……你不殺我？』

里卡多細聲問道。

『對，我不殺你。』亞歷克斯立刻回答：『我要放你逃走。』

殺手說出這番難以置信的話語，里卡多不禁懷疑自己的耳朵。

『你說什麼？』

『安靜點，會被守衛聽見。』

對了，拉米羅的手下在房間外待命。里卡多想起這件事，閉上嘴巴。

『來，喝水。』亞歷克斯從房裡的冰箱拿出寶特瓶，遞給里卡多。『全部喝光以後去小便，把藥尿出來。』

里卡多依言喝光礦泉水，接著去上廁所。亞歷克斯詢問小解回來的里卡多：『你走得動嗎？』

『嗯，勉強可以。』

雖然還是頭昏眼花，但稍微休息過後應該就沒問題了。

『門外有兩個守衛。』

『……你打算怎麼辦？』里卡多皺起眉頭。他要怎麼幫自己逃離這個地方？

只見亞歷克斯拿起飯店的電話，開始撥打。

『……啊，喂？櫃台嗎？我要叫客房服務。嗯，對，早餐套餐。』

——客房服務？

里卡多小聲對掛斷電話的亞歷克斯說道：『喂，現在不是悠哉吃飯的時候吧！』

『我知道。』亞歷克斯不快地皺起眉頭。『飯店服務生馬上會過來，到時候把他打昏，搶走他的制服。』

他的意思是要自己假扮成服務生離開飯店？

里卡多明白這個男人的計畫了，但仍然不明白最關鍵的問題。

『……你為什麼要救我？』

聞言，亞歷克斯淘氣地笑了，並眨了眨眼。

『因為你的長相是我喜歡的類型，我覺得殺掉你很可惜。』

後來，里卡多穿上服務生的制服，假扮成飯店員工逃脫，平安回到DEA。是販毒集團的殺手「維拉克魯茲處刑人」救了他。

「……當時你為什麼要救我？」

里卡多對此怎麼也想不通，從九年前便一直耿耿於懷。他不認為那只是殺手的一時興起。

「我說過了吧？」眼前的亞歷克斯——何塞．馬丁內斯面露賊笑回答：「因為你的長相是我喜歡的類型。」

面對不肯認真回答的馬丁內斯，里卡多一時火大，給了他的肚子一拳。馬丁內斯發出呻吟，瞪了對方一眼。「很痛耶！別打人行不行？」

「你太噁心了。」里卡多回瞪他，罵道：「混帳基佬。」

馬丁內斯面露苦笑。「真是的，恐同的人總是一點幽默感也沒有。」

「下次再胡說八道，我就打你那顆禿頭。」

里卡多低聲威脅。

「OK，我說就是了。」

馬丁內斯死心地聳了聳肩。

「我救你，是因為我受夠了毒品。」

聽了這番不似前販毒組織殺手所說的話，里卡多歪頭納悶。「什麼意思？」

「當時我就想脫離組織了。」

馬丁內斯用平靜的語氣緩緩道出當時的心境。

「有個政治人物和拉米羅．桑切斯勾結。哎，在墨西哥，這種情況並不稀奇。很多警察和政客都靠著販毒集團賺外快，那個政治人物也一樣。」

正如他所言，那個國家十分腐敗，就連政治人物都和販毒集團沆瀣一氣，互相合作。

「不過，有個記者察覺那個政治人物的貪瀆行為，試圖揭發他和販毒集團勾結的事實，導正這個瘋狂的社會。」

「真是記者的典範。」

然而，行正確之事的勇敢告發者，在販毒集團面前只不過是不知死活的愚夫。據說自二〇〇七年以來，在墨西哥有上百個記者被殺害。

「那個政治人物傷透腦筋，就去找拉米羅老大商量：『選舉快到了，替我想個辦法。』所以拉米羅對我下了命令。」

「要你殺掉那個記者？」

「不，不是。」馬丁內斯搖頭。「是他的家人。」

他微微地吐了口氣，繼續說道：

「『用最殘忍的方法把那個男人的親人一個個殺了，好讓他以後再也不敢四處打探。讓他扔下工作，夾著尾巴逃之夭夭。』這就是命令。酬勞是殺一個人一千披索，很離譜吧？」

一披索約等於五、六日圓，以人命的價格而言，未免太過低廉。

「那你怎麼做？」

「我先去他家踩點。那個記者家裡的生活稱不上富裕，有許多兄弟姊妹，有些弟妹年紀還很小……就和我一樣。」

馬丁內斯的聲音帶有自嘲之色。里卡多不發一語，傾聽他的話語。

「當時，我想起自己的家人，在多明尼加生活的兄弟姊妹。然後我想，要是我的家人也被盯上，要是他們的性命只因為區區一千披索而被奪走……我一定無法承受這種打擊。」

馬丁內斯繼續說道：

「那時候我才發現，這就是我在做的事。突然間，我開始厭惡一切，厭惡毒品、厭惡拉米羅老大、厭惡販毒集團，還有身為其中一枚螺絲釘的自己。所以，我萌生脫離組織的念頭。我受夠了墨西哥那種無辜老百姓因為毒品而失去生命的腐敗現狀……就在這時候，你被抓了。」

接下來是里卡多不願回顧的地獄時光。

「拉米羅命令我拷問你。」

於是，這個男人便動手凌虐他。

「嗯，是啊。」里卡多冷冷地說道：「痛得我死去活來。」

「我已經不想殺人了，我想救你，不過，拉米羅說他待會兒要過來看情況。為了讓你看起來像是受過嚴刑拷打，我稍微劃了你幾刀。」

「是啊。稍微，不過三十刀而已。」

「我避開要害了。」

「那還真是謝謝你。」

里卡多還以諷刺，馬丁內斯露出苦笑。

這個男人應該沒有說謊。里卡多明白他救自己的理由了，又繼續問道：「救了我以後，你就消聲匿跡。你用了什麼魔法？」

被亞歷克斯所救的里卡多經過長期療養，重回第一線時，拉米羅老大已被逮捕，維拉克魯茲集團也瓦解。聽聞最大的功臣既非DEA也不是墨西哥警察，而是販毒集團的殺手時，里卡多打從心底感到驚訝。

這名殺手突然銷聲匿跡，也讓他同樣吃驚。

「拉米羅供應毒品和軍火給中東的恐怖組織，被CIA盯上。我把拉米羅和集團的情報賣給CIA，透過證人保護計畫逃到海外。」

販毒集團、恐怖組織，甚至連美國情報組織都登場了。里卡多嗤之以鼻：「簡直像電影一樣。」

「可以得阿里爾獎（註1）了，對吧？」

里卡多對馬丁內斯的打趣充耳不聞，繼續問道：「所以你就來到日本？」

「對。獲得新身分的我來到福岡，住在專給偷渡客住的便宜公寓裡。過一陣子以後，我開始做拷問工作，直到現在。」

殺手亞歷克斯供出的情報，使得拉米羅老大與組織幹部逐一被捕，維拉克魯茲集團也因而瓦解。雖然聽說部分殘黨又重新集結，但是亞歷克斯斷了恐怖分子的重要供應商，對於CIA而言是莫大的功績，足以不追究他身為殺手的罪行，放他逃到海外。

◉註1：墨西哥電影藝術學院頒發的電影獎項。

「那時候的事真的很抱歉，里可。」馬丁內斯突然賠罪：「你可以盡量打我，打到你氣消為止。我已經做好覺悟了。」

見這個前任殺手突然低聲下氣，里卡多嘲笑：「都過了這麼多年，我沒打算找你報仇，也沒打算原諒你。」

「那你要我怎麼辦？」

里卡多囚禁這個男人是有理由的。

雖然里卡多壓根兒不想見到他，但他是個難得的人才，或許派得上用場。

里卡多低聲說出正題。「我要你潛入乃萬組。」

「……什麼？」

馬丁內斯大吃一驚。

「我現在以末端藥頭的身分潛入乃萬組，但他們好像懷疑有內鬼，所以我打算收手了。我要你代替我混進去。」

聞言，馬丁內斯發出乾笑聲。「喂喂，你要我扮毒蟲嗎？」

「沒錯。我要你假扮藥頭，接近相關人士，收集情報。」

「別開玩笑了，我哪行啊？」

「你以前是混毒窟的，很簡單吧？」

「要是被發現怎麼辦？我會被做掉。」

「那就別被發現。你本來就是犯罪者，他們會信任你的。」

「先不說別的。」馬丁內斯不肯輕易點頭。「憑什麼要我做這麼危險的事？」

「你以為你有權拒絕嗎？」里卡多威脅。「如果你不照著我的話去做，我就把你交給ICPO。」

聞言，馬丁內斯變了臉色。「……又是Interpol。」他垂下頭來，似乎心裡有數。

「在墨西哥警方的請求下，ICPO對亞歷杭德羅．羅德里奎發出跨國通緝令。罪狀是殺人五十六起，傷害七十二起——」

「喂，等等。」馬丁內斯打斷里卡多，插嘴說：「我殺的人頂多只有三十來個。」

「拉米羅．桑切斯是這麼供稱的。八成是在偵查時加油添醋，把罪推到你頭上。」

馬丁內斯咂一下舌頭。「……那個臭老頭。」

「還有其他罪狀。搶劫二十四起，性侵一起。」

聞言，馬丁內斯瞪大雙眼。「啊？性侵？」

「你強暴了一個警察吧？一個年輕的墨西哥男人。」

馬丁內斯回憶過去，皺起眉頭。「別鬧了，那是你情我願。」

「我對你的性生活沒興趣。不管你殺了幾個人、強暴了誰，你是犯罪者的事實都不會改變。不乖乖聽我的話，我就把你交給ＩＣＰＯ。」

說著，里卡多露出賊笑。

「還是把你的下落告訴拉米羅老大呢？那個老頭也很想和出賣組織的叛徒見面。我去監獄面會他的時候，他要我傳話給你：『你很想念故鄉吧？我會把你的頭顱掛在哥倫布雕像上。』」

昔日老大的面容閃過腦海，馬丁內斯「呃！」了一聲，皺起眉頭。

「……可怕的老頭。」

「不想變成這樣，就照我的命令去做。」

里卡多原以為這回馬丁內斯總該點頭了，沒想到他還是不肯答應。

「等等，這樣太過分了，對我根本沒有半點好處啊？」

意思是不能做白工？真是精打細算——里卡多嘆一口氣。

「你想要什麼？新的身分？只要潛入調查成功，我可以透過ＤＥＡ的證人保護計畫提供另一個身分，讓你逃到其他國家。」

「與其這樣，不如撤銷我的通緝。我想留在這個城市過平靜的生活。你在Interpol裡應該有人脈吧？」

倒也不是沒有。里卡多點頭。「我會考慮。」

「……聽起來有夠假。」馬丁內斯一臉訝異地瞪著里卡多，不過，他似乎做好覺悟了。「哎，反正我也無權拒絕。我答應幫你，里可。」

交易成立。

里卡多打開馬丁內斯的手銬。手腳的束縛解除後，馬丁內斯摸著自己的手腕，而里卡多這回遞了副強化塑膠製的腳環給他。

「這是什麼？」

「GPS裝置，無論你在哪裡，我都能知道你的位置。如果你逃到外縣市，或是想把腳環硬拆下來，我的平板就會發出警報，通知我你逃走了。」

馬丁內斯露出了明顯的厭惡之色。「這不是美國罪犯戴的那種玩意兒嗎？」

沒錯。這是為了監視再犯可能性高的性侵犯、辦案顧問、線人、釣魚執法協助者等出獄的壞人而使用的裝置。

「喂喂，你要我戴上這種罪犯在戴的東西？」

「有什麼問題嗎？你也是罪犯啊。」

里卡多啐道。

「……好吧。」

馬丁內斯不情不願地答應了。「就算不戴這種東西，我也不會逃跑的。」他嘀嘀咕咕地發著牢騷。

在右腳裝上GPS腳環以後，馬丁內斯改變話題：

「這麼一提，DEA探員為什麼要調查乃萬組？」

「不只乃萬組。」

打從一九七〇年代共同執行禿鷹行動（註2），在山岳地帶的罌粟田散播除草劑以來，美國緝毒局便一直和墨西哥政府攜手合作，打擊販毒集團。身為DEA探員的里卡多現在潛入福岡的理由也和販毒集團有關。

「這幾年來，販毒集團開始積極進軍亞洲。在中國逮捕的十四個藥頭之中，有一個是墨西哥人，在菲律賓也逮捕了三個錫納羅亞販毒集團的關係人。」

墨西哥販毒集團正在尋求下一個市場，亞洲是他們的首選。

「或許有一天他們也會登陸日本。尤其是福岡，出入的外國人眾多，很適合當作交易管道的中心。」

「原來如此。」馬丁內斯點頭。光憑這幾句話，這個頭腦遠比外表看來的更為靈光的前殺手便明白其中道理。「以後販毒組織或許會和乃萬組接觸，所以你才來到這個城市監視他們的動向？」

「沒錯。」

ＤＥＡ派出探員潛伏在亞洲各地，以防在墨西哥爆發的毒品戰爭擴展到其他國家。

「真是的……販毒集團就愛給人製造麻煩。」

馬丁內斯裝模作樣地嘆一口氣。

◉註２：在南美洲蒐集情報和暗殺對手的政治迫害和國家恐怖行動。目的是剷除共產主義與蘇聯的影響，並抑制成員國政府的反對派運動。主要成員國包括阿根廷、智利、烏拉圭、巴拉圭、玻利維亞和巴西。美國政府提供技術支持和軍事援助。

五局上

販毒集團「洛斯艾薩斯」的三人組登陸福岡已經過了兩個星期。走私的毒品順利賣出，計畫進行得還算順遂。

當他們背著吉他盒走在天神的路上時，歐丘突然開口抱怨：

「……話說回來，沒有好一點的盒子嗎？」

吉他盒裡裝的並非吉他，而是各自愛用的武器。烏諾的是槍，歐丘的是衝鋒槍，特雷因達的是刀械。聽說這座城市裡殺手眾多，為了安全起見，他們隨身攜帶武器，但歐丘似乎不喜歡這個盒子。

「沒辦法，這裡是日本，總不能拿著衝鋒槍盒四處走。」

「那也不用放在吉他盒裡啊？」

「記得在盒子上寫名字，不然搞不清楚哪個盒子是誰的。」

歐丘皺起眉頭。

「這樣簡直像是自以為是安東尼奧．班德拉斯的滑稽街頭樂隊三人組。」

「樂隊就取名為『Trio los Eses（洛斯艾薩斯三重唱）』吧。」

烏諾打趣道，歐丘啐了一句：「遜斃了。」

「你很愛抱怨耶。」烏諾嘆一口氣。「只要不會被人懷疑是藥頭，武器用什麼盒子有差嗎？」

「我們看起來已經夠可疑啦。」

戴著帽子與墨鏡，手拿吉他盒的多國籍三人組——縱使是在觀光客眾多的福岡，依然相當顯眼，甚至有路人回過頭來，頻頻打量烏諾等人。

「瞧，有人在看了，快笑。」烏諾用手肘頂了頂歐丘。「裝出開朗的吉他手模樣。」

「嗨！你好。」

見歐丘操著生硬的日文回以微笑，男性路人露出錯愕的表情，立刻跑開了。

「呿！逃走了，臭小子。」

「別放在心上。」烏諾拍了拍開口咒罵的歐丘肩膀。「日本人比較害羞。」

「我老婆可不是這樣。」

烏諾等人邊說話邊趕路，走了片刻後，天神西路映入眼簾，路上都是年輕人，非常熱鬧。

打從剛才開始，特雷因達便不發一語。他和歐丘不同，話向來不多，但今天連一句話都還沒說過。

「¿Qué pasa, Treinta? ¿Qué tienes?（怎麼了？特雷因達，今天怎麼這麼安靜？）」

「Tengo hambre.（我好餓。）」

「你最近一直吐，肚子當然會餓。」烏諾苦笑。

每次搭乘釣船搬運商品，特雷因達都會暈船。

「真是個我行我素的傢伙。」歐丘也啼笑皆非。「先去吃飯吧，吃點壽司什麼的。我們來福岡已經有一段日子，還沒吃過道地的日本料理耶。」

「今天和人約好在前頭的店見面，就在那裡吃飯吧。」

說著，烏諾彎過轉角。

烏諾一行人來到一家中南美料理店，位於從西路彎進的窄巷前方。

歐丘看了看招牌與菜單，露出明顯的嫌棄之色。

「……這是墨西哥料理耶。」

「也有哥倫比亞料理和祕魯料理啊。」

「不是菜色多寡的問題。說好的日本料理呢?」

烏諾帶著滿口怨言的歐丘和飢腸轆轆的特雷因達進了店裡。

中南美料理店「Moreno」是一家頗為寬敞的店,有幾個桌位,也有吧檯座位和露天座位。店裡播放的是在祖國也常聽見的拉丁音樂,可以一面用餐一面欣賞表演。現在舞台上有個中南美吉他手正在現場演唱。

見面對象已經在深處的桌位等候。他是個叫做谷久院的日本男人,是這次計畫的協助者。他的消息很靈通,對於福岡的毒品資訊瞭若指掌,也和幾個毒品組織有往來,是現在僱用的中國人販毒組織介紹的。他們說凡是有關福岡的毒品生意,問這個男人準沒錯。

「你就是谷久院?」

烏諾問道,男人點了點頭。「嗯,沒錯。」

「我叫烏諾,這是歐丘和特雷因達。」

在簡單的介紹過後,他們互相握手。

「你好。要喝點什麼嗎?」

「我要啤酒。」烏諾說道。

「我要龍舌蘭。」歐丘接著說道。

「……」

谷久院詢問盯著菜單不發一語的特雷因達：「你呢？」

「……」

「啊，抱歉，這小子不懂日文。」

烏諾代替特雷因達點了酒。他們聆聽著吉他手的現場演唱，隨便點了些料理。

不久後，餐點送上來。待前菜沙拉、墨西哥夾餅、餡餅、肉湯等熟悉的料理全部上桌之後，烏諾等人便和谷久院舉杯乾杯。

特雷因達吃了口料理，皺起眉頭，喃喃說道：「¿Qué es esto? ¿Comida de cerdo?（這是什麼？豬飼料嗎？）」

「什麼？」谷久院歪頭納悶，望向烏諾：「這小子在說什麼？」

「他說『這間店的夾餅真是絕品』。」

他們大快朵頤酒和豬飼料。

「——你們有什麼要求？」

谷久院立刻帶入工作話題。

聽他詢問，烏諾說出了正題。

「我要請你幫忙。」

「你們在打什麼主意？」

「老實說，我們打算在福岡做大麻生意。」

聞言，谷久院瞪大眼睛。

「大麻？」

「嗯，沒錯，以後是大麻的時代了。」

烏諾用堅定的語氣說明。

現在，以美國的華盛頓州及科羅拉多州為首，大麻合法化的風潮逐漸擴展到世界各地，因此墨西哥國內的販毒集團也紛紛開始致力於大麻生意。

目前，販毒集團是以墨西哥、哥倫比亞及牙買加產的商品為主流，透過貨車越境、加勒比海船運或小型飛機空運等方式分批銷往美國。

由於部分州合法化，使得大麻不光是需求，連供給也隨之暴增，現在想要就可以輕易買到。以後，客戶對於品質的要求想必會越來越高。

「和別人做同樣的事是賺不了錢的。」歐丘也插嘴說道。

不懂日文的特雷因達無法加入談話，只能默默把食物送進嘴裡。「Este chorizo,si está bien.（這個西班牙香腸倒是不錯。）」

在其他販毒集團銷售中南美洲產的便宜大麻時，自己則是推銷市場上少見的高品質澳洲大麻——這就是洛斯艾薩斯的計畫。

聽了烏諾的一番話，谷久院沉吟道：

「澳洲大麻啊？確實不錯。」

販賣澳洲大麻還有其他好處。如果亞洲也開始推動大麻合法化，屆時洛斯艾薩斯就能獨占澳洲大麻的通路。這就是所謂的前期投資，他們要趁現在建立通路。

為了達到這個目的，他們需要流通據點，就像墨西哥的維拉克魯茲市那樣足以成為活動中心地的城市。

而洛斯艾薩斯看上了福岡。

福岡距離外國近，有亞洲門戶之稱，只要占得這個地盤，就能夠開拓各種通路。把澳洲生產的大麻運到福岡，即可經由福岡賣到韓國、中國、北韓，進而銷售到歐亞大陸各地。另一方面，倘若經由東京，也可從夏威夷走私到美國；運送至北海道，則可經由鄂霍次克海與俄羅斯交易。

從毒品的生產、流通至販賣，全都以福岡為中心控管——建立「福岡集團」，即是洛斯艾薩斯進軍亞洲的計畫。

「我們現在把貨交給中國人賣。」

烏諾等人來到日本後，便偽裝成買家，和販毒組織的中國人接觸，並與他們達成交易，由他們銷售洛斯艾薩斯的貨品給顧客。

「不過那只是個十人左右的小組織，賺到的錢有限。我們想做更大的生意，需要更大的組織來協助我們。」

「Quiero algo dulce.（我想吃甜點。）」

烏諾無視特雷因達的話語，繼續說道：「聽說在福岡做毒品生意的是一個叫做乃萬組的黑道組織？」

「現在勢力最大的確實是乃萬組。」谷久院回答：「從前牟田川組也有在做毒品和軍火生意，不過幹部和組員接連被殺，現在顧不得生意了。還有一個叫做獸王的香港組織也曾想進軍福岡，但在幾個月前撤退了。」

現任藥頭谷久院所說的話可信度很高。

「所以你希望我幫你們和乃萬組牽線？」

說穿了正是如此，但事情沒有這麼簡單。

「……說來傷腦筋……」烏諾露出苦澀的表情。「我們僱用的中國人販毒組織和乃萬組好像發生了糾紛。」

「嗯，是啊。」

「我們委託那些中國人藥頭在中洲賣我們的貨，而中洲好像是乃萬組的地盤，有個中國人被殺了。」

「¿Cuál comeré? ¿Helado de coco o gelatina de mango?（你們覺得椰子冰和芒果果凍哪個比較好？）」

「然後中國人一怒之下，又去攻擊乃萬組的成員。」

谷久院盤臂沉吟：「這可棘手了。」

「真的，根本是給我們找麻煩。」

歐丘喝著第三杯龍舌蘭，如此說道。

「這個嘛……」谷久院摸著下巴，陷入思索。「既然這樣，只能捨棄中國人，和乃萬組聯手。乃萬組在緝毒部和組織犯罪防治課裡都有人脈，靠著賄賂警方獲取搜索行動的情報。如果你們要在這個城市做生意，最好和他們打好關係。」

「這種警察到處都有啊。」

曾經也是貪瀆警察的歐丘嗤之以鼻。

在外國做生意時，獲取當地黑道的協助，是販毒集團常用的手段。乃萬組在警界有人脈，可說是極富魅力的優勢。

「問題是乃萬組願不願意合作。」

「怎麼辦？烏諾。」

「我有個辦法。拿中國人當餌，他們應該會上鉤。」烏諾面露賊笑：「既然決定了，立刻開始行動吧。谷久院，幫我聯絡乃萬組的人。」

五局下

在ＤＥＡ探員里卡多的威脅下，馬丁內斯不得不潛入毒品業界。雖然提不起勁，但既然接下了工作，就得好好完成。他先打了通電話，和乃萬組的少頭目岸原約好見面談生意。

岸原的組事務所位於中洲河邊的大樓二樓，表面上掛的招牌是「乃萬商事」。幾個長相凶惡的小弟出來迎接準時造訪事務所的馬丁內斯，在他們的帶領下，馬丁內斯踏入位於大樓深處的岸原個人辦公室——同時驚訝地瞪大眼睛。

岸原身旁站著一個身材修長的男人。那個男人的打扮相當詭異，身穿喪服般的漆黑西裝，用仁和加面具遮住臉。

馬丁內斯立刻察覺對方是誰。

——喂喂，那不是馬場嗎？

馬丁內斯和戴著面具的馬場四目相交。他不能在這時候親暱地打招呼：「嗨！馬場，你在這裡幹嘛？」只好不著痕跡地撇開視線，裝作不認識對方。馬場應該也希望他這麼做。

「上次謝謝你的關照，岸原先生。」馬丁內斯在岸原對面的會客椅坐下，露出禮貌性笑容。「你僱了個很奇特的保鑣啊。」

「你找我有什麼事？」

岸原無視馬丁內斯的話語，劈頭便帶入正題。這樣正好，馬丁內斯也希望快點把話說完，離開這裡。

「我有事想拜託你。」

「拜託我？」

「我想跟你們批貨。」

面對這個突然的要求，岸原露出訝異的表情。對方果然產生了戒心。

若是引起對方的懷疑就沒戲唱了。馬丁內斯故意露出邪惡的笑容，以免被對方察覺自己的企圖。

「拷問師是種沒賺頭的工作，我覺得自己也該找份副業。」

「你的意思是，想當我們旗下的藥頭？」

「對。」馬丁內斯凝視著對方，點頭繼續說：「你之前不是說過會關照我嗎？那就僱用我吧。我在地下社會有不少顧客，應該會有好表現。」

聞言，岸原不發一語。

沉默持續著。自己是不是說了什麼不該說的話？馬丁內斯忐忑不安。老天保佑，千萬別讓他發現我是緝毒探員派來的——馬丁內斯抱著祈禱的心情，等待岸原開口。

片刻過後，岸原露出賊笑。

「……好吧。」

馬丁內斯鬆一口氣，放下心中的大石頭。太好了，對方似乎沒有起疑。

「我們經手的主要是安非他命和藥草。現在正好進了些安非他命，你要多少？」

馬丁內斯按照里卡多的計畫回答：「這個嘛……先批三十萬圓來試試看好了。」

「好。」岸原瞥了牆上的時鐘一眼，說道：「你一小時後去中洲的立體停車場，我會叫手下送過去。」

「ＯＫ。」

馬丁內斯背著岸原偷偷給馬場一個笑容以後，便走出房間。

離開乃萬組的事務所之後，馬丁內斯在周圍閒逛一陣子，確認無人跟蹤，才前往附近的投幣式停車場。

停車場角落的車位上停著一輛黑色車子，駕駛座上可看見里卡多的身影。

「——怎麼樣？」

里卡多低聲詢問坐進副駕駛座的馬丁內斯。

「很順利。」馬丁內斯回答，深深地吁了口氣。「唉，冒了不少冷汗。」

馬丁內斯一反常態地緊張。不過是談筆毒品生意，居然得這麼費神，臥底探員真辛苦啊——他心有戚戚焉地暗想。

「我照你的吩咐，批了三十萬圓的貨。」

「好，這樣就行了。」

「錢要怎麼辦？」

「我付。」

說著，里卡多從車子的儀表板抽屜裡拿出一束鈔票。

見狀，馬丁內斯「哦！」了一聲。

「自掏腰包？ＤＥＡ真闊氣。」

「別傻了，當然是經費。」

「我可不開收據。」

馬丁內斯接過萬圓鈔票，露出笑容。

里卡多載著副駕駛座上的馬丁內斯，前往岸原指定的中洲立體停車場，並把車停在附近的路肩。交易時間是今晚九點半，他們決定先在這裡待機。

「……好無聊，要不要來聊聊天？」

面對馬丁內斯的不正經提議，里卡多一口拒絕：

「吵死了，閉嘴。」

里卡多轉向副駕駛座上的馬丁內斯，指著他的臉說：

「我把話挑明了講，你聽好。我從以前就討厭你，現在也沒打算和你套交情。你只要閉上嘴巴，乖乖聽我的命令就好。」

里卡多用焦躁的口氣宣告，但對方完全不當一回事。馬丁內斯樂不可支地笑道：

「真冷淡。」

里卡多皺起眉頭。他倚著駕駛座的椅背，側眼瞪著馬丁內斯。他就是討厭這傢伙的這一點，總是露出游刃有餘的表情耍嘴皮子。這種愚弄他人般的言行舉止向來令里卡多火大。

說歸說，距離約定時間還有二十分鐘左右，確實很無聊。要他在狹窄的車內和這個男人默默獨處，他可受不了。

「……喂！」里卡多率先開口說道：「你為什麼要做拷問工作？」

馬丁內斯笑了。「結果你還是要聊天嘛。」

里卡多又瞪了一眼，馬丁內斯聳了聳肩，一本正經地說：

「CIA給了我新身分以後，我就來到福岡，在親富孝一帶的某間便宜公寓裡生活。那間公寓住的全是偷渡客，大家都和我一樣有著不為人知的過去。有一次，在那裡認識的亞洲人介紹工作給我，要我拷問某個男人。從那時候開始，同樣的工作一直上門，不知不覺間就變成我的固定行業。」

聞言，里卡多歪頭納悶。

「我不懂。你是因為厭惡販毒集團的所作所為才逃到這裡來的吧？」

馬丁內斯不是因為不願再殺人，才逃離黑社會，重新做人嗎？

馬丁內斯點了點頭說：「是啊。」

里卡多更無法理解了。那他為何重操舊業？

「你沒想過要做正當行業嗎？」

「想過啊。」馬丁內斯立刻回答：「實際上我也做過，現在偶爾還會做。」

這麼一提，這個男人起先說過他是整骨師，原來那不是謊言啊。

「不過……」馬丁內斯繼續說道：「我從十六歲就開始靠殺人維生，要脫離這個業界，已經太遲了。」

「那都是藉口。」里卡多嗤之以鼻。「你做的事根本沒變，只是把地點從維拉克魯茲移到福岡而已。你依然是個殘酷的犯罪者。」

面對里卡多的嚴厲指責，馬丁內斯露出苦笑。

「或許真是這樣吧。不過，有些事變了。我已經不是殺手，不必殺人。」

「拷問師不也差不多？」

「那可不見得。」馬丁內斯否定里卡多的說法。「拷問最大的禁忌就是輕易殺掉對方，和殺手不同。」

拷問是留活口的工作，必須小心注意對方的身體狀況，盡可能延長生命，不能濫殺，也不能讓對方失去意識——前「維拉克魯茲處刑人」如此高談闊論。

「所以拷問師是善良慈悲的紳士才能做的工作。」

「但結果還是曾殺過人吧？」

「嗯。」馬丁內斯點了點頭。「當然，有時候在客戶的要求下必須殺了對方，不過這種情況，對方大多是壞人。我會挑選工作，不會像從前那樣，把無辜的普通百姓也拖下水。」

——有些事變了，是嗎？

里卡多反芻馬丁內斯的話語，如此暗想。確實，這個男人似乎改變許多。不光是外表，內在也是。

販毒集團時代的他總是殺氣騰騰，比現在更難以親近，大家都說他是沒血沒淚的男人，下手沒有絲毫遲疑，總是一槍射穿腦幹或心臟。使目標當場喪命的處刑人亞歷克斯，向來被視為毫無人性的殺手，受人畏懼。

然而，若是實情並非如此呢？若是這個男人之所以心狠手辣，只是出於他希望對方走得毫無痛苦的慈悲之心呢？

里卡多突然搞不懂亞歷克斯這個殺手。縱使在這個男人改名為何塞．馬丁內斯的現在，里卡多依然摸不透他的心思。

——這傢伙究竟是好是壞？其實他本來就是個好人嗎？還是裝成好人而已？

里卡多不明白，腦袋越來越混亂。

然而不可思議的是，雖然里卡多不斷告誡自己：「這個男人現在同樣是個犯罪者，不知道何時會背叛，不能相信他。」卻又因為他和自己站在同一陣線而感到安心。

九年前，在維拉克魯茲的飯店裡，里卡多也有同樣感覺——或許這傢伙真能扭轉乾坤。亞歷克斯從以前就具備這種魅力，他的堅韌讓他能跨越危機、抓住機會，所以拉米羅老大才會把這個可靠的男人留在身邊，販毒集團的幫眾對於和敵對組織火拼之後總是能活著回來的他也都另眼相看。

「說歸說，我現在已經當不成好人。」馬丁內斯望著遠方，猶如自言自語般地喃喃說道：「所以至少當個善良的壞人吧。」

里卡多漫不經心地看了時鐘一眼，已經過了二十分鐘，約定的時間到了。

「……時間差不多了。」馬丁內斯打開副駕駛座的車門。「我該走了。」

里卡多面向前方說：「別搞砸了。」

「說些體貼一點的話嘛，比如『加油』或『小心一點』之類的。」

「結束以後立刻回來這裡，知道嗎？」里卡多無視馬丁內斯的話語，叮嚀道：「可別逃跑。」

「知道啦。拜拜，待會兒見。」

馬丁內斯一面揮手一面離去。

彎過轉角以後，三層樓高的立體停車場映入眼簾。馬丁內斯走進裡頭，前往二樓。

二樓深處停著一輛黑色旅行車，車邊站著兩個身穿西裝的男人。

「嗨！」馬丁內斯走向他們，打了聲招呼。「你們就是岸原派來的人？」

「沒錯。」男人們點頭。「聽說你是新來的藥頭？」

說著，他們從車子後座拿出一個箱子，打開讓馬丁內斯檢視。

「貨在這裡。」

裡頭裝滿用小塑膠袋分裝的白粉——是安非他命。

「要試用嗎？」

「不，免了。」馬丁內斯搖頭。「我相信你們老大。再說，我討厭嗑藥。我是不沾毒主義者。」

「這種精神很好。有毒癮的藥頭最糟糕。」

「來，這是說好的錢。」馬丁內斯把里卡多給他的錢遞給男人。「點一下吧。」

男人數完鈔票之後，點了點頭。「是三十萬沒錯。」

「成交。」

接著，在男人從箱子裡拿起一袋白粉，正要遞給馬丁內斯時——

突然傳來引擎聲。

馬丁內斯立刻回頭，看見兩道黑影。兩輛機車朝著他們衝來，刺眼的燈光遮蔽視野，馬丁內斯用力閉上眼睛，往後退開。

「你們是什麼人！」乃萬組男人的叫聲傳來。

馬丁內斯把手放在面前擋光，環顧現場。

雙載的機車有兩輛，對手共四人。戴著全罩式安全帽、穿得一身漆黑的男人逼近眼前，坐在機車後座上的男人舉起手槍的身影映入眼簾。

「糟糕，快逃！」

馬丁內斯叫道，立刻採取行動。

緊接著響起一道槍聲。只聽見一個男人哼了一聲，中彈倒地。

「混蛋！」

另一個乃萬組男人咂了下舌頭，以車門掩護，迎擊敵人。透過消音器壓低音量的槍聲持續作響。

「……喂喂，真的假的？」

面對突如其來的槍戰，馬丁內斯咂一下舌頭。到底是什麼狀況？居然碰上這種麻煩事，有夠倒楣。

再這樣下去，自己也會中彈，先躲起來再說。馬丁內斯繞到停車場的柱子後，等待槍戰結束。

幾分鐘過後，槍聲停止，另一個乃萬組男人似乎也被殺了。

剩下的只有馬丁內斯。

「我知道你躲在那裡。」一道外國腔聲音傳來。「快出來。」

糟糕，馬丁內斯再度咂了下舌頭。對手是武裝四人組，他卻是赤手空拳。

——得想辦法搬救兵才行。

馬丁內斯朝著自己的右腳伸出手。

馬丁內斯前往交易地點已經過了十幾分鐘。明明只是交錢拿貨，他卻花這麼久的時間。發生了什麼事嗎？里卡多歪頭納悶。就在這時候——

車子裡突然響起電子音，是ＧＰＳ裝置專用的平板電腦發出警報聲。這個功能啟動，代表馬丁內斯的腳環硬被拆下來。

該不會——里卡多倒抽一口氣。

——那個混帳該不會想逃走吧？

「……混蛋！」里卡多咒罵。

或許那個男人打算拿著買毒用的三十萬圓當資金，遠走高飛。

——想得美，我絕不會讓你逃走！

GPS記號停留在立體停車場中。里卡多發動引擎，用力踩下油門，朝著停車場急速前進。他用車頭撞開下降的入口擋桿，沒拿停車券便入侵建築物，無視警報聲一路前行。

上二樓以後，里卡多看見人影。全部共有五人，馬丁內斯也在其中。四個戴著安全帽的男人包圍住馬丁內斯，並用槍指著他。

——這是怎麼回事？

看見這幅光景，里卡多瞪大眼睛。

——到底發生什麼事？

他們是什麼人？為何用槍指著馬丁內斯？里卡多無法在一瞬間掌握狀況，不過，他知道馬丁內斯並非想背叛逃走，也知道馬丁內斯目前陷入危機。

馬丁內斯手無寸鐵，舉手投降，隨時可能被槍擊。在這個節骨眼上，能夠採取的行動只有一個。

里卡多踩下油門，衝向眼前四個男人。他撞飛其中兩人之後，用力踩下剎車，停住車子。

被撞飛的男人猛然彈開，一個撞上停車場的牆壁，另一個撞上停車場裡的車子。多虧全罩式安全帽，他們撿回一條命。「動作快！」「快逃！」呼喊聲此起彼落，四個男人慌慌張張地跨上機車，逃離現場。

里卡多下車，奔向馬丁內斯。「亞歷克斯！」

「……嗨。」他舉起一隻手。「謝啦，里可。」

「怎麼搞的？」里卡多環顧四周詢問：「到底發生什麼事？」

看似交易對象的乃萬組西裝雙人組倒在旁邊，似乎是被剛才那幫人開槍打中，胸口和頭部都血流如注。

「他們是什麼人？」

「誰曉得？」馬丁內斯皺起眉頭。「那些人把錢和貨都拿走了，搞不好從一開始就盯上我們。」

據馬丁內斯所言，那些人是在進行交易時突然發動攻擊。不知道是專門黑吃黑的竊盜集團，還是來妨礙乃萬組生意的敵對組織。馬丁內斯被捲入襲擊之中，險些被殺。

「我想，只要這麼做，你就會來救我。」

他為了盡快把里卡多叫來，便用天生的蠻力破壞ＧＰＳ裝置。

「……我還以為你逃跑了。」

里卡多嘆一口氣。平板電腦的警報響起時，他可真的急了。

「怎麼可能？」馬丁內斯把七零八碎、電線畢露的塑膠殘骸遞給里卡多，露出苦笑。

「抱歉，把你的ＧＰＳ裝置弄壞了，給我一個新的吧。你應該還有備用的吧？」

有是有，但似乎已經沒有必要了。里卡多搖頭說：「現在缺貨。」

六局上

根據榎田的情報，乃萬組將在一小時後於中洲某個立體停車場二樓進行毒品交易。林信任他的情報，但還是忍不住詢問：「你是怎麼查到的？」榎田回答：『偷聽到的。』他八成又在別人身上偷裝竊聽器。

總之，現在知道目標的所在地點了，接下來只要將計畫付諸實行即可。他們打算襲擊乃萬組的交易現場，搶走商品和錢。奇襲方法與上次襲擊岸原時相同，採用雙人座機車的打帶跑戰術。這是外國黑道也常使用的手法。

「──準備好了嗎？」林戴上全罩式安全帽，對其他成員說道：「出發。」

中國人紛紛點頭。這次進行奇襲的人包含林在內共有四人。他們分別坐上兩輛機車，朝著目的地疾馳而去。

上了停車場二樓，三道人影映入眼簾。

「你們是什麼人──」

中國人衝到大吃一驚的流氓面前，舉起手槍，朝敵人之一扣下扳機。男人頭部中彈，當場斃命。還剩下兩人，一個躲在柱子後方，另一個以車身為掩護，舉槍頑抗。

林等人騎著機車蛇行，一面閃避子彈一面反擊還擊的男人。子彈先耗盡的是對手。一時間，槍聲不絕於耳，但不久後現場便安靜下來，似乎是中國人之一射殺了流氓。乃萬組的男人鮮血淋漓地倒臥在地，其他成員從對手身上搶走鈔票和毒品。

剩下一人仍然躲在柱子後方。

「我知道你躲在那裡，快出來。」中國人說道。

過一會兒……

「——OK、OK。」

一個男人從柱子後方緩緩現身。

「我沒有武器，別開槍。」

那是個高頭大馬的外國人。

看見雙手高舉、小心翼翼走來的男人，林不禁愣了一愣。

「——馬丁？」

那是張熟面孔，是球隊的隊友馬丁內斯。

「這個聲音……該不會是林吧？」

馬丁內斯凝視著用安全帽遮住臉孔的林，也跟著大吃一驚。

眾人下了機車，圍住馬丁內斯。「他是我的朋友，別開槍。」林厲聲命令用槍指著馬丁內斯的中國人成員。

接著，他把視線移回馬丁內斯身上。「你在這種地方做什麼？」

林沒想到會在這種狀況和隊友碰面。

「這句話是我要說的。」

「我是來工作的，這些傢伙僱用我。你呢？」

「哎，我也算是工作啦……」馬丁內斯含糊地回答。

——隨後，一輛車突然撞過來。

事出突然，在場眾人全都大吃一驚。

那輛車顯然是衝著林等人而來，車速猛得像是要把他們輾過去。林和另一個男人及時閃開，安然無恙，另外兩人卻被撞個正著。

林獨自回到根據地的中洲麻將館，留在根據地的其他販毒組織成員，紛紛追問發生什麼事。

「為什麼只有你一個人回來？其他三人呢？」

林一臉不快地回答：「去找密醫了。」

「密醫？他們受傷了嗎？」

「有兩個人被車撞，另一個人去陪他們。」

聞言，眾人略微鬆一口氣，但依然無法釋懷。

「貨和錢都到手了。」

林補充說明，拿出一束鈔票和裝著白粉的箱子，輕輕地扔在麻將桌上。

林按照他們的要求搶來錢和毒品，就結果而言，確實妨礙了乃萬組的交易，達成目的，因此計畫可說是成功的。

然而，己方卻有兩個人負傷，令人高興不起來。

「那輛車是誰開的？」一個中國人詢問。

「不知道。」

林歪了歪頭。他是真的不知道。那輛車他從未看過，當時也無暇觀察駕駛座。在進行奇襲時遭受奇襲，大家都陷入混亂，只顧著逃跑，沒有多餘的心思記下車牌號碼。

「那個人該不會是……仁和加武士吧？」

這時，另一個中國人用說鬼故事般的害怕口吻說出這句沒頭沒腦的話。

「沒錯。」其他男人也點頭附和：「錯不了，一定是仁和加武士幹的。」

「我們會被仁和加武士殺光。」

面對開始騷動的中國人，林加強語氣否定：「不，不是。不可能是他。」

那不是馬場。仁和加武士不會用那種方法殺人。

然而，中國人並不相信。「你怎麼知道？」「就是說啊！」「仁和加武士來殺我們了。」他們異口同聲地說道。

不是，那不是馬場幹的。熟知仁和加武士的林很明白，但他不能在這個場合說明這件事。

林故意露出賊笑反駁：「怎麼，你們怕啦？真是一群窩囊廢。」

面對林的挑釁，中國人沉默下來，不悅地皺起眉頭。被林一語道破，他們無從反駁。敵對組織僱用素有福岡最強殺手之稱的仁和加武士，也難怪他們膽怯。

「……不然……」另一個男人突然開口：「你想個辦法啊！你是殺手吧？」

「嗯，可以啊。」林點頭，拿起從乃萬組搶來的鈔票，揚了一揚說：「這些錢給我，我就替你們打倒仁和加武士。」

林發下豪語，轉過身去。

「——等等。」

中國人叫住他。

「幹嘛？還有什麼怨言嗎？」

「這是訂金。」男人抽走林手中的半數鈔票。「剩下的是事成之後的酬勞。」

「……一群小氣鬼。」

林咂了下舌頭。

洛斯艾薩斯三人組立刻實行計畫。透過自營藥頭谷久院居中牽線，烏諾等人順利與乃萬組接觸。

烏諾帶著特雷因達來到中洲一家名叫「10thousand」的夜店。進入夜店之後，他向看似保全的男人說明自己的來意，隨即被帶往熱鬧樓層深處的某間包廂。

男人已經在包廂裡等候。

「你們就是谷久院介紹的人？」

出聲招呼的男人大模大樣地坐在沙發上。這個男人應該就是乃萬組的岸原。個子矮小卻態度傲慢以及穿著花俏西裝的模樣，讓人不禁聯想起拉米羅老大。

「叫我烏諾吧。」烏諾報上姓名，並指著身旁的男人說：「他是特雷因達。」

「我叫岸原。」對方回答。

「請多指教。」

他們互相握手，面對面坐下來。

岸原背後站著幾個黑衣男人，似乎是小弟，除此之外，還有一個戴著奇怪面具的修長男子。

「找我有什麼事？」岸原一面替自己的酒杯斟酒，一面說道：「我不喜歡拐彎抹角，打開天窗說亮話吧。」

烏諾點頭，說出正題。「我們想和你們合作做生意。」

岸原探出身子，催促烏諾說下去：「所以呢？」看來他似乎有興趣。

「我們平時是在墨西哥做生意，今後打算放眼全世界，以這座城市為據點，開拓新通路。如果能夠得到乃萬組的協助，就再好不過了。」

「協助？你要我們做什麼？」

「希望你能提供手中的日本國內通路給我們使用。當然，我們會好好答謝你。」

「……原來如此。」

烏諾繼續說道：「還有，聽說你和日本警察的關係很好，有這樣的盟友，我們心裡就踏實多了。」

岸原點了點頭。看來他在警界有人脈是事實。

「你們打算賣什麼？」

岸原詢問，烏諾回答：「我們什麼都賣，有古柯鹼，也有海洛因，不過，以後我們打算把重心放在大麻。貨已經運到福岡，是澳洲產的高檔貨，比起一般貨色可以多賣個幾千圓。」

「哦，聽起來不賴嘛。」

趁著岸原提起興致，烏諾提出一個方案：「如果你肯和我們合作，我們準備了一份小禮物要送你。」

「禮物？」

「就是和乃萬組有糾紛的中國人販毒組織。」

聞言，岸原的臉色沉下來。「……什麼意思？」

「那群中國人一直吵著要批我們的貨，我才把貨給他們，但最近他們的辦事能力實在是……你也知道吧？沒想到他們居然跑去乃萬組的地盤撒野。我們已經不想和中國人做生意了，打算和他們一刀兩斷。我們可不想被捲入火拼之中。」

聽了烏諾的一番話，岸原皺起眉頭。

「不過，你們和他們不可能說斷就斷。你應該對他們恨之入骨吧？所以我有個提議。今天，我們會給中國人工作，告訴他們：『我們準備了十公斤大麻，過來拿吧。』實際上我們也會把貨準備好，剩下的就交給你們自己看著辦。」

「換句話說，你要幫我們把中國人引出來？」

「沒錯。」烏諾面露賊笑，「要殺要剮隨便你，完事以後再帶著貨回家。很簡單吧？」

在這個業界，藥頭是免洗的。有了乃萬組這個生意搭檔，自然用不著中國人販毒組織。從香港進口毒品在日本販賣的他們，甚至可說是今後的競爭對手。把這些中國人交給乃萬組，乃萬組會自行替烏諾等人除掉這顆絆腳石，可說是一石二鳥。

岸原並不是個不明事理的人。他滿意地點頭說：「好。」

和乃萬組談妥生意後，烏諾等人離開「10thousand」。來到行人稀少的暗巷，烏諾立刻撥打電話給分頭行動的歐丘。

「我們這邊進行得很順利。你那邊呢？」

烏諾報告和乃萬組的談判結果之後，歐丘用開朗的聲音回答：『嗯，我這邊也一樣。那些中國人完全上當了。』

烏諾掛斷電話，暗自竊笑。

計畫進行得相當順利。

六局下

老實說，遭遇襲擊、毒品交易失敗，對於只是臥底的馬丁內斯根本不痛不癢。他安然無恙，被搶走的現金也是別人的，自己並沒有任何損失。

如果可以，他很想和乃萬組就此說再見，但他不能這麼做。里卡多還在監視他，他必須繼續臥底。

沒拿到毒品卻悶不吭聲，或許會引起乃萬組懷疑。他必須針對交易中突然遇襲一事向少頭目岸原提出抗議，並催促對方進行下一筆交易。

馬丁內斯聯絡岸原，對方說他正在一家叫做「10thousand」的夜店談生意。馬丁內斯立刻前往夜店和岸原見面。

這家夜店似乎是乃萬組相關人士經營的。馬丁內斯在保全的帶領下，來到俱樂部裡的ＶＩＰ專用包廂。

房裡只有岸原和幾個小弟，不見馬場的身影。馬丁內斯環顧四周問道：「今天那個保鑣不在嗎？」

「保鑣？」岸原一手拿著裝了白蘭地的酒杯，歪頭納悶。

「就是那個戴著怪面具的男人。」

「哦！」岸原叫道。「他不是保鑣，是殺手。」

「哦？」馬丁內斯知道。「原來是殺手。」

「他說他有急事，現在暫時離開。好像有人找他。」

馬丁內斯停止閒聊，切入正題。「……話說回來，這次真夠倒楣的。」

他在岸原對面的黑皮沙發坐下，壯碩的身體整個靠在椅背上。

「我聽手下說過了，你們在交易中被人襲擊？」

現場除了馬丁內斯以外還有兩個流氓，一個被開槍打穿腦袋，當場死亡，另一個沒被打中要害，撿回一條命，現在密醫正在幫他取出體內的子彈。

「我差點也被做掉了。」馬丁內斯故意用焦躁的語氣說：「錢和貨都被搶走。到底是怎麼搞的啊？真是的。」

「襲擊你們的八成是中國人販毒組織。」

「……中國人？該不會是周的同夥吧？」馬丁內斯想起拷問過的中國人。

「對。」岸原點頭。「八成是打算向我們報仇。」

倘若岸原說得沒錯，林便是受僱於中國人組織，幫他們向敵對組織乃萬組報仇。

不，等等——馬丁內斯皺起眉頭。

——但乃萬組僱用的殺手是馬場。

老天爺實在太會作弄人，馬丁內斯暗自嘆一口氣。這兩人居然分處敵對陣營，但願別鬧出什麼麻煩事。

不過，現在先做好自己的工作比較重要。

「我本來以為可以大賺一筆，結果反而損失慘重。這跟說好的不一樣，把我的三十萬還來！」

馬丁內斯輕輕瞪了一眼，岸原露出苦笑。

「哎，冷靜一點。我會把那些中國人收拾掉，以後他們就不會再來找麻煩，放心吧。」岸原繼續說道：「再說，區區三十萬，馬上就能回本了。」

「……什麼意思？」

馬丁內斯歪頭納悶，岸原面露賊笑。

「以後會有更大的生意可以做。有個墨西哥的販毒集團主動接洽，詢問我們的合作意願。」

「墨西哥的販毒集團？」

「對。他們好像打算在福岡做生意。」

販毒集團進軍亞洲——馬丁內斯想起里卡多所說的話。

這是DEA想要的情報，試著套話看看吧。

「對方是什麼樣的人？」馬丁內斯詢問。「我以前待過墨西哥，說不定是我認識的人。」

「不曉得。」岸原聳肩。「我不知道他們是什麼來頭，是熟識的藥頭牽線的。和我見面的是兩個男人。」

「名字是？」

「烏諾和特雷因達。其中一人看起來像日本人，另一個應該是西班牙裔。」

「烏諾（1）和特雷因達（30）？什麼跟什麼？」

那是數字「1」和「30」的西班牙文說法。好惡搞的假名啊，馬丁內斯笑了。

「他們說，為了表達誠意，願意用便宜的價格批十公斤大麻給我們。我們現在人手不足，我希望你也能幫忙賣這些大麻。你們當藥頭的，以後可有的忙了。」

「只要有錢可賺，我奉陪到底。」

面對岸原的請託，馬丁內斯揚起嘴角。

「所以呢？」馬丁內斯不著痕跡地詢問：「什麼時候要和他們交易？」

「今晚。」

「今晚？未免太趕了吧。」

「是啊。對方要我們今晚三點到碼頭的日落公園。」

日落公園是位於博多碼頭的臨海公園，雖然沒有遊樂器材等設施，卻有環繞公園的紅磚步道，成了當地居民的慢跑路線或釣場。椰子樹並立的寬敞園區，有時會用來當作音樂會等活動會場。

「公園深處有個白色的塔狀紀念碑，我們和販毒集團的人約好在那裡見面。他們會用船把貨運到那裡，我再派手下去取貨。」

「這樣啊。希望能夠順利成交。」這番違心之論自然而然地脫口而出。

自己正是為了搞砸他們的生意而暗中作梗，這個臥底當得越來越有模有樣啦——馬丁內斯暗自苦笑。

距離夜店「10thousand」不遠處的投幣式停車場中，里卡多坐在黑色廂型車裡待命。車身前方有個小凹痕，是剛才在立體停車場把人撞開時造成的。

在駕駛座上等待二十分鐘後，馬丁內斯回來了。

「情況如何？」

里卡多詢問，馬丁內斯興奮地說道：「有收穫。」

他往副駕駛座坐下，繼續報告：

「墨西哥的販毒集團成員來到福岡了。」

「什麼？」里卡多睜大眼睛，探出身子。「哪個集團？」

「我不知道。」馬丁內斯面露苦笑。「聽岸原的說法，有兩個叫做烏諾和特雷因達的男人和乃萬組接觸。他們和岸原見面，提出交易。」

「烏諾、特雷因達……」里卡多聽過這些名字。「……難道是洛斯艾薩斯？」

「洛斯艾薩斯？」馬丁內斯歪頭納悶。「那是什麼？」

「維拉克魯茲集團瓦解之後成立的組織，聽說是崇拜拉米羅・桑切斯的原基層成員創設的。」

維拉克魯茲集團——九年前里卡多臥底的組織，因為拉米羅老大的左右手亞歷克斯背叛而瓦解，如今大半幹部都在監獄裡生活。

「……原來如此，所以才叫S（艾薩斯）啊。」

馬丁內斯露出苦澀的表情，喃喃說道。

西班牙語的字母S念作「艾薩」，「艾薩斯」是它的複數形。

「他們各自以數字為代號。」所以烏諾和特雷因達很可能是洛斯艾薩斯的人。「數字越小，代表資歷越老。」

「這麼說來，烏諾應該是個重要角色。」

「嗯，八成是組織創設時的元老。」里卡多催促馬丁內斯繼續說下去。「他們的目的是什麼？」

「岸原說乃萬組向他們批了大麻，好像是他們走私進福岡的。」

「原來如此。」里卡多明白他們的目的了。「他們打算做大麻生意。」

「大麻啊……」馬丁內斯一臉詫異地歪頭。「在日本做生意，安非他命和藥草不是比較好賣嗎？」

「不光是日本，他們是打算透過福岡銷往世界各地。有些國家大麻是合法的，生產起來很容易。」

「居然讓毒品合法化，真是瘋了。」

里卡多有同感。他難得和這個男人意見相合。「大麻是典型的入門毒品，雖然成癮性比其他毒品低，但不是完全無害。大麻成癮者犯罪的例子多不勝數。」

那幫人打算在福岡大量散播這種毒品。

洛斯艾薩斯是ＤＥＡ盯上的組織之一，所有幹部都是通緝犯。

不能放過這個好機會——里卡多如此暗想。

「我要逮捕洛斯艾薩斯的成員，扣押毒品。替我問出交易時間。」

「我已經問出來了。」馬丁內斯得意洋洋地回答：「時間是今晚三點，地點是博多碼頭的日落公園。」

里卡多看了手錶一眼。現在時間是晚上十一點，距離交易所剩的時間不多。

「不過，要怎麼做？」馬丁內斯詢問：「你應該不會蠢到單槍匹馬闖進交易現場的地步吧？」

縱使人數不多，洛斯艾薩斯可是時常動武的凶惡犯罪組織，他們的成員不可能雙手空空地來到這座城市。再說，現場還有乃萬組的成員，單槍匹馬是無法和他們抗衡的。

「我知道。」

可是，距離交易只剩下不到四小時。現在向位於母國的ＤＥＡ總部求援，就算開著專用噴射機火速趕來，也趕不上約定時間，同事抵達的時候，洛斯艾薩斯的交易早就結束了。即使向和里卡多一樣派駐在東京或大阪的ＤＥＡ探員求援，時間上依然有困難。

事到如今，只能向緝毒部的福岡分局或福岡縣警署的組織犯罪防治課求援。雖然經由日本的檢調機關，便有一堆繁瑣的手續等著自己，如果可以，里卡多希望能夠暗地解決，將匪徒送往祖國，但眼下只能這麼做。

「我會向福岡的警察求援。」

里卡多說道，立刻從懷裡拿出手機。

然而——

「不，最好別這麼做。」

馬丁內斯抓住里卡多的手，搖了搖頭。

里卡多皺起眉頭。「為什麼？」

「乃萬組的岸原付我酬勞時說過：『和平時繳給條子的稅金相比，很便宜了。』」

稅金——換句話說，即是賄賂。

「這代表日本的檢調機關內有乃萬組的人嗎？」

「八成是。」

「又不是墨西哥警察。」

「每個國家都有貪腐警察。總之，你一向警察求援，情報就會透過乃萬組洩漏給洛斯艾薩斯，到時他們大概會取消交易，逃之夭夭。」

「不然你要我怎麼辦？」里卡多焦躁地說。他抱住腦袋，猛抓頭髮。

不能向ＤＥＡ和日本警察求援，豈不是無計可施？

「事到如今，只能靠我們自己。」

馬丁內斯說道。他說得倒簡單，若真辦得到，就用不著煩惱了。

「只靠我們兩個，怎麼可能抓得住所有人？」

「船到橋頭自然直。」

馬丁內斯面露賊笑。

面對他這番悠哉的話語，里卡多嘆一口氣。「拉丁人說話一點也不可靠。」

「你也是拉丁人啊！」馬丁內斯反駁。

「我有一半的日本血統。再說，我是美國人。」

「你是墨裔美國人吧？是不折不扣的拉丁血統。」

「至少沒你純正。」

「哦，這樣啊。」

現在不是為了這種無聊事爭論的時候。里卡多回到正題：

「你有什麼計策嗎？」

「嗯，包在我身上。」

馬丁內斯得意洋洋地說道。

七局上

博多碼頭附近的中央碼頭倉庫街裡，有棟被洛斯艾薩斯拿來當作毒品保管處兼根據地的建築物。那似乎是座已經廢棄不用的工廠，冷冷清清的空間裡到處是釘子及鐵管等廢鐵，中央則是烏諾等人帶來的大量紙箱，裡頭全是違法藥物。

洛斯艾薩斯三人組各自在根據地裡消磨時間。特雷因達正在研磨刀尖銳利的切肉刀，似乎是在保養武器；歐丘坐在吉他盒上，百般無聊地抽著雪茄。

烏諾正在講電話。

「是嗎？我明白了，就在那裡見面吧。」

烏諾一掛斷電話，吞雲吐霧的歐丘便出聲問道：「誰打來的？」

「岸原。」

通話對象是交易對象之一，乃萬組的少頭目岸原。

「奇襲已經準備好了，交易按照計畫進行。」

「那就好。」

一個問題解決了，這下子就可以邁向下一個階段。

「好，快點裝船吧。」烏諾把視線轉向裝滿大麻的紙箱。

由於據點是臨海的墨西哥港都，洛斯艾薩斯常使用海路運毒。在福岡也一樣，他們用的是自己買下的船。那是一艘最大乘坐人數七人、全長七公尺的小釣船，運送十公斤的大麻綽綽有餘。

烏諾等人立即搬出存放在根據地的大麻，動手裝船。

「真的要便宜賣掉？」歐丘一面搬運裝在塑膠袋裡的乾燥大麻，一面戀戀不捨地說道：「十公斤耶！照正常價格賣，可以賺五千多萬。」

「不要只顧著眼前的利益，歐丘。這是試用品，不先讓客人試用看看，怎麼知道我們的貨有多好？」

比市價貴上幾千圓的大麻突然出現在市場，顧客是不會買單的，必須先用便宜的價格提供客人試用，打響商品的名號。毒品買賣是一門靠回頭客支持的生意，只要客人嘗過一次，一定會一試成主顧。這次就算是前期投資。

數分鐘後——

「這是最後一箱了。」

歐丘把手上的紙箱放到船上，如此說道。

十公斤的大麻、裝著武器的吉他盒和備用武器全數裝船完畢，歐丘往繫船柱坐下，打算來根雪茄。

接下來只要等待交易時間到來即可。時間到了，就把貨搬到日落公園，和中國人會合。乃萬組的人也會到場，收拾中國人。屆時，礙事者就會消失，新的生意搭檔隨之誕生。

距離交易還有段時間，烏諾打算先小睡片刻，倚向廢棄工廠的牆壁。

林獨自坐在夜晚的公園長椅上。

這座公園位於馬場偵探事務所附近，因此他常來玩傳接球。平時公園裡有許多小孩，熱鬧得很，但現在夜色已深，除了林以外不見其他人的身影。

林傳訊給馬場，要他前來這座公園。

坐在長椅上等待片刻過後，車子引擎聲傳來，緊接著是逐漸接近的男人腳步聲。

「──來了啊？」

林喃喃說道，從長椅上起身。

馬場在幽暗的街燈照耀下現身。他把迷你廂型車停在公園入口，朝著林走來。雖然他依然穿著西裝，但並未戴上仁和加面具，肩膀上則扛著球棒袋，裡頭八成裝著愛用的日本刀。

馬場面無表情，冷冷問道：「啥事？」

林與他正面相對，開口說道：

「我接到委託，要我處理仁和加武士。你太礙事了。」

聞言，馬場微微地皺起眉頭。

就算林拜託馬場別礙事，馬場也不會乖乖照辦。

說歸說，總不能為了委託殺害朋友。因此，在事情解決前，只能先請他乖乖待在事務所裡。把他綁住關起來，以免他跑來礙事。當然，些許皮肉痛是免不了的。

「不過，哎，我會饒你一命。」

話一說完，林立即採取行動。他一個箭步上前，拉近距離，一瞬間竄進馬場懷裡，朝著心窩出拳，企圖打昏對方。

然而，拳頭並未打中心窩，馬場用手掌擋住了。他握住林的拳頭說：

「我沒空陪你玩。」

「我也是。」

回答的同時，林的另一隻手朝著馬場的臉孔揮去，馬場立即護住臉。上當了——林面露賊笑。左手只是虛晃一招。趁著身體空門大開之際，林的右拳刺向對手的肚子。就在這時候——

林的電話響了，而且幾乎在同一時間，〈前進吧少鷹軍團〉的前奏也傳入耳中。馬場的手機也響了。看來不光是林，馬場也接到來電。

兩人倏然停下動作，拿起手機。

林按下通話鍵。

「誰啊！我現在正忙耶！」

他劈頭就是抱怨。

『是我。』

傳來的是中國人販毒組織的男人聲音。

「幹嘛？怎麼了？」林用焦躁的聲音回答。「我很忙，別礙事！五秒內說完！」

『我們待會兒要去日落公園。』

「……啊？」

——日落公園？

他在說什麼？林瞪大眼睛。

『有毒品交易，你也過來。』

「好吧。」林冷冷地說道，掛斷電話。

馬場也在同一時間結束通話。掛斷電話後，他便轉身背對林，打算離去。

「喂！你要去哪裡？」林厲聲叫住他。

「日落公園。」

馬場背對林，如此回答。

「什麼？」真巧。「你去日落公園做什麼？」

「不告訴你。」馬場啐道。

中國人說有毒品交易，要林過去；同時，受僱於乃萬組岸原的馬場，也被要求前往日落公園。究竟是怎麼回事？

在林歪頭思索之際，馬場邁開了腳步。

「等等。」林連忙叫住他。「話還沒說完。」

有件事他必須跟這個男人說。

「我跟你已經無話可說。」

馬場的態度異常冷淡，八成還在為了球被扔掉的事情生氣。

真是個婆婆媽媽的混蛋男人。林沉下臉。

「你那是什麼態度啊？別像小孩一樣鬧脾氣行不行？」

「我沒有鬧脾氣。」馬場說道，依然背對著林。

「你要記恨到什麼時候啊？婆婆媽媽的。」

「我沒有記恨。」

「少騙人。」

「我不想和丟掉別人東西又不道歉的人說話。」

「你明明就在記恨嘛！」林叫道：「追根究柢，誰叫你自己不把東西收好！」

「看唄！」馬場猛然轉過來，指著林的臉大聲說道：「你老是把過錯推到別人頭上！我就是討厭你這一點！」

「什麼！」

兩人的怒吼在閑靜的深夜公園裡迴盪。

「什麼推到別人頭上，本來就是你的錯！」林也不甘示弱地反駁。「如果是重要的東西，就別放在會被丟掉的地方！」

「我有收好呀！」

「哪有！你明明就只是放在桌上而已！」

「我是擺著裝飾！」

「你有完沒完啊！小心我扁你喔！」

「試試看呀！如果你做得到的話！」

林勃然大怒。他再也忍不下去了。

「你這個頑固的混蛋！」

林不管是否會吵到鄰居，放聲大叫，撲向馬場。

「這句話是我要說的！」

馬場也進行反擊，同樣舉起左手。

下一瞬間，兩人的拳頭嵌進對方的臉頰。

這是強烈的一擊，兩人的身體被這股勁道大大彈開。

撼動腦門的衝擊襲來，林和馬場同時仰天倒在公園裡。

下巴脫落般的劇痛蔓延開來，右臉頰發燙。

在朦朧的意識中，林望著滿布視野的夜空。今晚的星星很美——在他如此暗想之際，意識倏然中斷。

七局下

馬丁內斯開著里卡多的車，兩人一起來到福岡的郊外。他們在約可容納兩輛車通行的長路上行進片刻後，一棟老舊建築物映入眼簾。

「……這裡是哪裡？」

里卡多詢問。

「一個叫牟田川組的黑道組織名下的倉庫。」

馬丁內斯若無其事地回答。

牟田川組——里卡多聽過這個名字，記得是與乃萬組敵對的黑道。

「你怎麼知道這裡？」

「我的朋友之前來過這裡，聽他說的。他說牟田川組不光是販毒，還做走私軍火的生意，把貨品全都放在這個倉庫裡保管。」

他們把車停在建築物前。

「首先得籌措武器。」馬丁內斯說道：「要在洛斯艾薩斯的交易現場逮住他們，手無寸鐵太困難。」

馬丁內斯下車，里卡多隨後跟上。只見馬丁內斯並非從正面進入倉庫，而是繞到倉庫後側。

「你有槍嗎？」

「嗯。」

里卡多點頭。DEA配給他的自動手槍就插在腋下的槍帶裡。

「借我。」

馬丁內斯朝著里卡多伸出手。

「你要做什麼？」

馬丁內斯沒有回答，直接掀開里卡多的外套，搶過手槍。

「喂、喂——」

下一瞬間，馬丁內斯朝倉庫窗戶開了一槍，玻璃應聲碎裂。

里卡多一臉錯愕。

「喂，白痴！你在幹什麼！」

「走吧。」

馬丁內斯用槍身掃去窗緣殘留的玻璃，跨上窗戶，似乎是打算從這裡入侵。里卡多也不情不願地踏進建築物。

那是一座寬敞的倉庫，牆邊有堆積如山的紙箱，箱子裡裝著手槍、衝鋒槍、手榴彈、防彈背心等各式各樣的物品，活像軍隊的武器庫。

倉庫地板留有大量血跡，這裡似乎發生過什麼事件。

馬丁內斯抱著裝滿手槍的紙箱，對里卡多下令：「喂，趁著牟田川組的人還沒來之前，你也快搬吧。」

里卡多啼笑皆非地嘆一口氣。

「……沒想到我這個探員居然得幹偷竊的勾當。」

「對方是歹徒，不會報案的，你安心。」

「不是這個問題。」

馬丁內斯嗤之以鼻地說：「喂喂，現在才說這種正氣凜然的話太遲了。臥底探員應該早就習慣幹壞事了吧？」

聞言，里卡多輕聲說道：「……嗯，是啊。」

馬丁內斯說得沒錯。

在販毒集團臥底時，里卡多幹過不少壞事；為了防止身分被識破，他也曾和同夥一起嗑藥。當時，他與壞人一同生活，浸淫於犯罪世界。

「……有時候都搞不清楚自己是誰了。」

真心話脫口而出。

馬丁內斯停下動作，凝視著他。

里卡多靜靜地繼續說道：

「長期臥底的生活中，有時候幾乎忘記自己是探員，搞不清楚自己到底是好人還是壞人，又是屬於哪一邊的。」

或許，自己的本質其實和販毒集團的人沒有兩樣，只要有個契機，便會輕易地走上歧途——臥底的時候，這種不安總是糾纏著他。他害怕自己會被偽造的身分吞噬，不再是自己。

里卡多搖了搖頭。他居然發這種窩囊的牢騷。

「把我說的話忘了吧。」他對馬丁內斯說道。

「不用想得那麼複雜。」

馬丁內斯輕輕一笑。

「Viva la vida.（人生萬歲。）」他眨了眨眼睛：「快快樂樂地過活吧。」

里卡多聳了聳肩。「……臭拉丁人。」

武器到手後，接下來是人手。

參與交易的有洛斯艾薩斯派來福岡的成員烏諾與特雷因達兩人，以及搬運十公斤大麻的乃萬組成員——馬丁內斯估算，至少會有七、八個人。只有兩人貿然闖入不保險，他們需要人手。

從牟田川組的倉庫搬出槍械及防彈背心並堆上車子後，馬丁內斯聯絡了馬場和林。有這兩人相助，可以抵上一百個人。即使對手是再怎麼能征善戰的販毒集團藥頭，即使敵方人多勢眾，也敵不過隊上引以為傲的二游搭檔。

然而，他打了好幾次電話，兩人都沒有接聽，只有鈴聲持續作響。是忙著工作嗎？馬場受僱於乃萬組，林受僱於中國人販毒組織，或許現在分不開身。

無可奈何之下，馬丁內斯只好另想對策。事到如今，只能以數量代替質量，靠人數壓制對手。

馬丁內斯離開牟田川組的武器庫後，帶著里卡多前往親富孝。開了幾十分鐘的車，他們抵達一棟兩層樓的便宜公寓。

里卡多仰望老舊的建築物。

「……這裡是哪裡？」

他一臉詫異地問道。

「給外國人住的公寓。房東便宜出租給偷渡客，十個人擠在九張榻榻米大的房間裡生活。我從前也住在這裡，我跟你說過吧？」

馬丁內斯獲得新身分來到福岡以後，曾經在這棟公寓和其他外國人一起生活了好一陣子。現在這裡應該仍住著一批外國人。

他們來到其中一戶——一〇一號室的門前。

「里可，警徽借我。」

馬丁內斯如此要求，卻被一口拒絕：「不要。」

「為什麼？」

「你鐵定又要拿去亂用吧？」

里卡多瞪著馬丁內斯，似乎還在氣惱馬丁內斯在牟田川組的倉庫突然奪槍開火。

「總之借我就是了。」

「啊，喂，混蛋！」

馬丁內斯搶走里卡多插在腰帶上的ＤＥＡ證件，踹破大門。

他闖入屋裡大叫：

「別動！警察！」

他的右手拿著從牟田川組偷來的槍，另一手則高舉里卡多的警徽。

看見突然上門的不速之客，公寓的住戶們大吃一驚。從亞洲人、拉丁人到中東人，各種國籍的外國人無不驚慌失措。

「我要以非法入境的罪名逮捕你們！」

馬丁內斯繼續叫道。

背後的里卡多看見馬丁內斯的詭異行徑，不由得愣在原地，瞪大眼睛。這人到底在搞什麼鬼？

「先配合我就對了。」

馬丁內斯小聲附耳說道，里卡多只得不情不願地舉起手槍，命令外國人：「手舉起來，別亂動。」

屋裡的十個外國人乖乖地舉起雙手。

「——好了，各位，仔細聽我說。」

馬丁內斯用槍指著眾人，進入正題。

「你們全都會被逮捕，強制遣返祖國。你們應該不希望這種事發生吧？」

聽了馬丁內斯的話，外國人戰戰兢兢地點頭。

「所以呢……」馬丁內斯高聲說：「協助我們辦案的人，我打算放他一條生路，不但不追究非法居留的事，還會付一點酬勞聊表心意。這樣吧……一個人十萬，如何？」

聞言，眾人的臉色全變了。對於生活困頓的外國人而言，十萬是筆大錢。

里卡多總算明白馬丁內斯在打什麼主意，露出驚訝的表情問：「你瘋了嗎？」

馬丁內斯沒理會他，繼續說：「願意協助我們的人原地跪下。」

所有外國人都照做了。

「OK，乖孩子。」

馬丁內斯露齒而笑。

「我現在就發槍枝和防彈背心給你們，請你們當一日探員，協助我們的任務。不用擔心，任務很簡單，你們只要表現得光明正大，從遠處包圍歹徒，並用槍指著他們就行。用不著開槍，一下子就結束了——怎麼樣？很容易吧？」

聞言，外國人都乖乖地點頭。

「等等。」反駁的只有里卡多一人。「你打算用這些人？」

「嗯，沒錯。」

「你在開玩笑吧？他們是外行人啊！」

「他們全都是外國人，正好。只要用白筆在防彈背心寫上DEA，讓這些傢伙穿上，看起來就像緝毒探員了吧？」

里卡多抱住腦袋。

「又搞這種騙小孩的把戲……」

九年前，馬丁內斯安排里卡多假扮成飯店員工，助他平安逃脫；現在，馬丁內斯打算讓這些外國人假扮DEA探員。這次一定也能成功吧。

「聽好了，里可。」馬丁內斯說明戰略。「我和你一起接近敵人，這些人則從遠處持槍包圍。販毒集團的人見狀，一定以為一旦反抗就會被開槍擊斃，因而乖乖束手就擒。」

里卡多皺起眉頭。

「我真不敢相信……你是白痴嗎？」

錦囊妙計受到批評，馬丁內斯板起臉來。

「怎麼？難道你有其他方法？」

「沒有。」里卡多焦躁地反駁：「可是，我確定這不是最好的方法。」

「不是什麼時候都有最好的方法可用，這就是人生。」馬丁內斯用堅定的語氣說道：「廢話少說，硬著頭皮上吧。」

沒有時間了，已經不能打退堂鼓。

「……瞧你一副樂不可支的模樣，混蛋。」里卡多瞅著馬丁內斯的臉，咂了下舌頭。「我就是討厭你這一點。」

八局上

深夜兩點多，烏諾等人搭乘釣船前往博多碼頭。今晚的博多灣風平浪靜，為了避免發出太大聲響，他們緩緩在漆黑的海上前進，片刻過後，目的碼頭映入眼簾。

抵達日落公園後，他們將船停靠在岸邊，拿著吉他盒跨過小柵欄，從海上移動到陸地上。

在這個時段，步道環繞的公園裡不見人影，鴉雀無聲。公園旁有座五人足球場，已經過了營業時間，照明一片漆黑。對側是立體停車場和紅色的塔——博多港塔。

烏諾眼前的公園一隅，立著白色紀念碑。這裡就是約定地點。距離交易還有一段時間，烏諾和歐丘開始卸貨。陸地上的烏諾從船上的歐丘手中接過紙箱，排放在步道上；特雷因達則是靠著船緣，探出身子大吐特吐。

過一會兒——

「……喂，特雷因達跑去哪裡？」

歐丘突然停下手邊的工作詢問。

剛才還蹲在船上的特雷因達，不知幾時間跑得不見蹤影。

烏諾用下巴指了指船上的簡易廁所。「大概是跑去上廁所吧？」

「他又在抓兔子？也不快點來幫忙。」

歐丘一面埋怨一面下了船。這一瞬間——

「——別動！」

突然傳來一道叫聲。

「DEA！放下武器，舉起雙手！」

兩個拿著手槍的男人衝到眼前，身上都穿著印有「DEA」的防彈背心。是美國的緝毒探員。

「你們已經被包圍了！如果反抗，格殺勿論！」探員叫道。

烏諾環顧四周。除了兩個探員以外，公園四周的椰子樹後方也可看見舉起手槍或衝鋒槍瞄準他們的男人身影，大略計算，約有十人左右——被包圍了。

「這下子可糟了，烏諾。」身旁的歐丘咂了下舌頭。

要擺脫這個狀況，只有乘船出海一途。不過，對手並不是日本警察，而是美國探員，一轉過身，或許就會被毫不容情地射殺。

現在只能乖乖聽話。烏諾舉起雙手，擺出投降姿勢。

「歐丘，照著他的話去做。」

歐丘也不情不願地舉起手。

兩個男人走過來，打算給烏諾等人上銬。

走向烏諾的是一個穿著坦克背心的壯碩黑人，外露的手臂上刺著黑色刺青——是仿S形的設計。

見狀，烏諾大吃一驚。

烏諾對那個刺青相當熟悉。那是身為維拉克魯茲集團老大拉米羅．桑切斯親信的證明，他自己的手臂上也有一模一樣的刺青。

這是怎麼回事？烏諾歪頭納悶。為何DEA探員的手臂上會有販毒集團的刺青？

烏諾看著這個男人。黝黑的壯碩身軀加上光頭，明明是素未謀面的陌生人，卻覺得似曾相識。

烏諾挖掘過去的記憶，猛然醒悟。

「你該不會是……亞歷克斯吧？」

八局下

「你該不會是……亞歷克斯吧？」

正要替洛斯艾薩斯的男人上銬的瞬間，突然聽見昔日的名字，馬丁內斯的心臟猛然一震。

馬丁內斯就近凝視對方，這才發現是張熟面孔。這個男人在維拉克魯茲集團時代擔任拉米羅．桑切斯的司機，是日裔，名字好像叫做中村……不，村中？中島？中野？中井？啊，是永井，永井。他想起來了。

這不重要，重要的是現在狀況不妙。馬丁內斯暗自咂了下舌頭。沒想到洛斯艾薩斯裡竟然有販毒集團時代的熟人，是他太大意。九年前，由於馬丁內斯告密，與他較為親近的組織幹部幾乎都被逮捕，他以為新興販毒集團裡不會有知道自己過去的人。

這個男人雖然是拉米羅老大身邊的人，卻只是個司機，或許警方因此輕饒了他。他和販毒集團的工作沒有直接關聯，應該不認識在組織臥底的里卡多，但是和馬丁內斯見過好幾次面。馬丁內斯曾和拉米羅老大一起乘坐這個男人開的車，他會認出馬丁內斯是理所當然。

自己的身分一旦曝光，計畫就泡湯了，這時候只能設法蒙混過去。

「……亞歷克斯？」馬丁內斯擺出歪頭納悶的樣子詢問：「那是誰？你是不是認錯人啦？」

「少裝蒜！」

對方立即駁斥。

他指著馬丁內斯的手臂，斬釘截鐵地說：「那個刺青是對拉米羅老大宣誓忠誠的證明，我也有同樣的刺青。」

正如男人所言，關於這道刺青，馬丁內斯無從狡辯，因此他決定老實承認。

「嗯，是啊。臥底的時候，我為了假扮成販毒集團的藥頭而刺上的。」

馬丁內斯自認這個藉口還不賴。

這會兒對方也閉上嘴巴了，似乎不再那麼篤定馬丁內斯就是亞歷克斯。只要繼續裝蒜，或許能蒙混過去——馬丁內斯暗自鬆一口氣。

然而——

「不，等等。」另一個男人突然出聲。「我也認得這張臉！」他指著馬丁內斯的臉大叫：「這傢伙是亞歷克斯！在維拉克魯茲的酒吧裡泡我的搭檔！」

呃！馬丁內斯皺起眉頭。這男人原本是維拉克魯茲市警嗎？八成是從警察轉行當毒販吧，這種情形很常見。

「喂，是真的嗎？」

「錯不了。」男人點頭，瞪著馬丁內斯。「你那時候強姦了我的搭檔！」

「我說過，那是你情我願！」

馬丁內斯大叫，隨即醒悟過來。

「……啊！」

他連忙用手掌摀住嘴巴，但為時已晚。

——糟糕，說了不該說的話。

「果然是亞歷克斯！」兩個男人同時叫道。

一旁的里卡多怒罵：「你是白痴啊！」

不小心穿幫了，這下子可不妙。馬丁內斯皺起眉頭。

「販毒集團的殺手怎麼當得了探員？」當過警察的男人面露賊笑。「他們全是冒牌貨吧。」

他對著包圍自己的假探員大叫：

「我會把你們殺個精光！要命的話趁現在快滾！」

下一瞬間，假探員紛紛發出尖叫，丟下手上的武器，倉皇失措地逃之夭夭。

「啊！喂，別跑啊！」

馬丁內斯出聲制止，但是徒勞無功。外國人轉眼間便跑得不見人影，現場只剩下馬丁內斯和里卡多兩人。

日裔男人啼笑皆非地說：「好一群軟腳蝦探員，八成是拿錢僱用路邊的外國人來湊數的吧？」

完全被他看穿了。

「……穿幫啦？」

馬丁內斯喃喃說道，身旁的里卡多嘆一口氣。

「你為什麼不穿長袖過來啊？白痴。」

不過，敵我雙方都是兩人，人數相同，而且馬丁內斯他們手上有槍，局面依然有利。只要把這兩人抓起來，任務便完成了。

「話說回來……」日裔男人開口說道：「好久不見啦，已經有九年了吧？」

久別重逢，但對方沒有半點喜悅之情，聲音中甚至帶著恨意。

這是當然。這個男人垂死路邊的時候，是拉米羅老大收留了他，僱用他當司機。馬丁內斯背叛了他敬愛的老大，即使事隔九年，他的恨意想必依然未消。

「我很想念你啊，亞歷克斯。」

「我也是，永井。」

「……我叫市原。」

沒一個字是對的。

「失禮了，市原。」

「無所謂，那個名字我早已拋棄，現在的我叫做『烏諾』。」

馬丁內斯聽里卡多說過，洛斯艾薩斯的成員是按照順序使用數字當代號。

「你是烏諾（1），那可真是發達了。從前明明只是拉米羅老大的司機。」

「那是從前的事了。」烏諾皺起眉頭。

「好懷念啊。從前你很怕我，每次跟你說話，你總是提心吊膽的。」

烏諾的眉頭皺得更緊。「那也是從前的事了。」

「是嗎？要不要試試看？」馬丁內斯露出挑釁的笑容。「……開玩笑的，我現在沒空陪你玩，還得把你們抓起來咧。」

「你有什麼目的？該不會是想搶我們的貨吧？」

「嗯，是啊。」馬丁內斯撒謊。「我聽說這裡有筆大交易，所以才假扮成探員，打算把錢和貨都搶過來。」

「好粗糙的作戰計畫。」

「我也這麼覺得。」里卡多點頭。

馬丁內斯嘟起嘴巴。

「囉嗦。總之，乖乖束手就擒吧。」

馬丁內斯伸出手，打算給烏諾上銬。就在這時候——

「——No se muevan.（別動。）」

背後突然傳來西班牙語。

馬丁內斯轉過視線，只見有個男人舉著衝鋒槍站在停泊的船上。

在馬丁內斯的注意力被男人吸引的那一瞬間，烏諾等人趁機迅速掏出手槍。

雙方就著拿槍互指的姿勢靜止不動。

「……還有其他同夥？」

馬丁內斯咂了下舌頭。第三個人在預料之外。原來他躲在船上伺機而動？

「做得好，特雷因達。」烏諾對男人說道。

我方只有兩人，對方有三人，而且其中一人拿著衝鋒槍。若是演變成槍戰，我方被殺的可能性很高，局勢壓倒性地不利。

「把槍丟掉。」烏諾如此命令。

馬丁內斯和里卡多依言把手槍放到地上，舉起雙手。

「好，形勢逆轉。」烏諾笑道：「該束手就擒的是你們。」

——這是最壞的發展。

里卡多皺起眉頭。

作戰失敗，功虧一簣，都是因為這個白痴才穿幫——里卡多側眼瞪著身旁大漢。

後來，烏諾把毒品交給同夥之一看管，將里卡多等人綁起來帶往船上，運到這個地方。這裡看起來似乎是碼頭附近的廢棄工廠，八成是洛斯艾薩斯的根據地兼商品保管處。

里卡多的雙手被繩子捆住，繩子另一頭綁在從天花板垂吊而下的鉤子上，動彈不得；即使掙扎，也只是讓鉤子的鎖鏈鏗鏘作響，無法解開束縛。非但如此，連雙腳也被牢牢綁住。身旁的馬丁內斯亦是處於同樣狀態。簡直像屠宰場裡的豬一樣——里卡多如此暗想。沒被倒吊起來，或許已經該慶幸了。

防彈背心被扒下來，兩人現在毫無防備。手機、皮夾、手槍等私人物品也被他們全數沒收，排放在地上。

「喂，烏諾。」叫做歐丘的男人檢視里卡多的物品，發現DEA證件，高聲說：「這傢伙是正牌探員耶。」

「什麼？」

烏諾望著被吊起來的里卡多，喃喃說：「這麼說來，這男人就是那個臥底探員？」

接著，他又把視線移向馬丁內斯嘲笑：「CIA之後是DEA？你還是老樣子，一點節操也沒有。」

「我的好球帶很廣嘛。」

「主人一直換，當狗也很辛苦吧？」

烏諾撿起地上的鐵管，扛在肩上，緩緩走向馬丁內斯。

「背叛老大的癩皮狗。」他用鐵管前端戳馬丁內斯的下巴，怒目而視。「學聲狗叫來聽聽啊，癩皮狗。」

「汪汪～」

在馬丁內斯面露賊笑，如此答腔的瞬間——烏諾揮動鐵管，毆打馬丁內斯的肚子。

馬丁內斯痛得微微呻吟，露出苦笑。

「……幹嘛打我？我已經照著你說的叫了啊。」

「簡直把人當白痴！」烏諾臉上青筋暴現，大聲怒吼：「我最恨的就是你這一點！」

「同感。」里卡多喃喃說道。

烏諾指著里卡多說：「把那個探員的腦袋砍下來寄回DEA總部。」接著，他又改指馬丁內斯說：「我會帶你回墨西哥，給拉米羅老大當伴手禮。」

「福岡的伴手禮居然是一個臭男人，你太不貼心了。」馬丁內斯聳肩說道：「至少買個『博多通饅頭』吧。」

「你忘了嗎？拉米羅老大討厭甜點。」

「所以才要買啊。」

烏諾又給了馬丁內斯一記鐵管。這回鐵管嵌進側腹一帶，馬丁內斯皺起眉頭。「幹嘛？很痛耶。」

「只會耍嘴皮子，看了就不爽。」

「就是說啊。」里卡多也點頭。

明明安靜點就沒事了，這個男人為何老是多嘴？里卡多只覺得傻眼。

「我會拿你的腦袋來當足球踢。」

「比起足球，我個人更偏好棒球。」

烏諾又拿鐵管毆打馬丁內斯，怒吼：「我就把你！打到不能！再耍嘴皮子！」

挨了烏諾毫不容情的三擊，馬丁內斯咳嗽個不停。他一面咬牙忍痛，一面喃喃說道：「Gai Si。」

什麼？烏諾皺起眉頭。這時候——

「烏諾，時間快到了，該走了。」

歐丘看著手錶，對烏諾說道。

「……混蛋。」烏諾咂了下舌頭，扔下鐵管。「知道了。」他點頭，轉過身去。

兩個男人離開工廠。

走到一半時，烏諾回過頭來，指著馬丁內斯說：「交易結束之前乖乖待著，待會兒我再來好好疼你。」

「嗯，我拭目以待。」

馬丁內斯回以笑容。

「……」

林醒來時，發現自己坐在車子的副駕駛座上。

他移動視線，映入眼簾的是熟悉景色。紅色的車身，狹窄的車內——是馬場的愛車。

咦？林歪頭納悶。自己怎麼會在這裡？他回溯記憶。記得他和馬場在公園裡打架……啊，他想起來了。當時他挨了一拳，昏倒了。

「……你醒啦？」

粗魯的聲音傳來，是馬場。他坐在駕駛座上，臉頰又紅又腫。

兩人幾乎是同時倒地，但先醒來的是馬場。他不能把林扔在原地，只好心不甘情不願地將人搬上車。

「喏。」馬場冷淡地遞來一條濕手帕。

林乖乖接過手帕。他的右臉頰也在抽痛，馬場應該是要他用手帕冷敷。這是這個頑固男人做出的最大讓步。

林突然想開了。他覺得這樣子賭氣實在太蠢。

他一手用手帕摀住右臉頰，另一隻手從口袋裡拿出球。

「喏，還你。」

林把球遞給馬場。

馬場接過球，驚訝地瞪大眼睛。「這是──」

「沒被我丟掉，球滾到床底下。」

林原本打算等馬場道歉以後才要歸還，但現在覺得無所謂了。

冷靜下來以後，林發現一件事：自己不光是因為馬場無故發怒而忿忿不平。

『他也有他的苦衷。』林突然想起源造在攤車上所說的話。

這個滿腦子都是棒球的男人不常談論自己。這次也一樣，這顆髒兮兮的比賽用球究竟是什麼來歷？為何如此生氣？馬場完全不說。林知道他大概是不願意說，所以也不想逼他說明不願被追究的事。

不過，林還是忍不住暗想：「為什麼不告訴我？」

──欸，我有那麼靠不住嗎？你還是信不過我？

自卑的想法在腦海中盤旋不去。

「這次記得好好收起來。」

林啐道。

「……欸……」

馬場把球收入懷中並開口的時候，林的手機震動起來。

有來電，是榎田打來的。

林按下通話鍵，把手機放到耳邊。

『總算打通了。』

榎田半是嘆息的聲音傳來。

『我已經打了好幾次。』

「抱歉，我昏倒了。什麼事？」

『你現在在哪裡？』

林從車內環顧四周。地點似乎沒變。

「事務所附近的公園前面。」

『馬場大哥呢？』

「在我旁邊。」

『哦，你們總算和好啦？太好了。』

並不是這麼回事。「有什麼事嗎？」

『你們快去救馬丁大哥。』

「……啊？」

聽聞榎田突如其來的請託，林發出錯愕的聲音。

『事情是這樣的，馬丁大哥被敵人抓住。他身上有附帶ＧＰＳ的竊聽器，我會用電話替你們帶路。』

不知道發生什麼事，現在只能照著榎田的話去做。林保持電話接通的狀態，對駕駛座上的馬場說：「開車。」

這麼一提……林想起來了。中國人要求自己過去，乃萬組也呼叫馬場。不過，現在已是凌晨兩點半，看來他們兩人都得失約，去不成日落公園了。

「啊，混蛋。那個混球，打了我五下。」

烏諾等人一離開廢棄工廠，馬丁內斯便立刻出聲說道。剛才被打得那麼慘，他還是學不乖，一張嘴又開始咒罵。

「喂，剛才你說的是什麼？」里卡多詢問。馬丁內斯剛才用既非日文亦非西班牙文的語言對烏諾叫囂。「中文嗎？」

「嗯，是啊。」

馬丁內斯點頭。

「『Gai Si』是『去死』的意思，中國朋友教我的。」

他得意洋洋地繼續說道：

「順道一提，『Hei Gui』是『nigger』，『Gao Mi Zhe』是『打小報告的人』。中文發音很難啊，那種要震動舌頭的音，和西班牙文的捲舌音不太一樣——」

「我沒空聽你的中文講座。」

里卡多一口打斷悠哉聊天的馬丁內斯，雙手用力使勁，但任憑他如何搖晃拉扯，鎖鏈和繩子都文風不動。

「再不快點想個辦法……」

必須在烏諾等人回來之前逃出這裡。有沒有什麼好辦法？里卡多拚命思考。

「哎，不用那麼慌張。」

馬丁內斯好整以暇地說。

「你想被當成足球踢嗎？」

「我自有妙計。」

「什麼妙計啊！你向來是走一步算一步。」里卡多嗤之以鼻。「拉丁人就是這樣，想到什麼就做什麼，才會落到這步田地。」

「這次我可不是想到什麼就做什麼。」面對大發牢騷的里卡多，馬丁內斯一本正經地說：「差不多該有人來接我們了。」

話才說完——

建築物的出入口打開。

是誰？里卡多把視線轉向出入口。他原本以為是烏諾等人回來，然而並非如此。

雙人組的身影映入眼簾。

馬丁內斯用下巴指著他們，揚起嘴角。「看吧？」

雙人組奔上前來，其中一人呼喚：「馬丁，你沒事唄？」

「嗯。」馬丁內斯點了點頭，瞇起眼睛。「我就知道你們會來。」

接著——

「里可，這小子是馬場。」

他介紹身穿西裝、手持日本刀的修長男子，接著把視線移向另一個人。

「這是林，就是我剛才提過的中國人。雖然打扮成女人的模樣，卻是個男人。他們兩人都是我的隊友。」

馬場用日本刀，林則是用刀子分別割斷綁住里卡多與馬丁內斯的繩子。

解開束縛、重獲自由以後，里卡多立刻把被奪走的物品全部撿回來，一面著裝一面詢問：

「這是怎麼回事？你是什麼時候向朋友求救的？」

打從他們被捉到現在，馬丁內斯的雙手一直被綁著，應該無法求救才是。

「我沒求救，是我們的情報販子通風報信。」

「情報販子？」

「你也見過吧？就是那個金髮蘑菇頭。」

這麼一提，里卡多稍微想起來了。他發現馬丁內斯並跟蹤對方時，馬丁內斯身旁有個髮型花俏的年輕人。

「當時那小子在我的衣服裡放了竊聽器。他是個熱愛竊聽的調皮鬼。」馬丁內斯露出苦笑。「他察覺我們遇上危機，就通知這兩個人過來。」

換句話說，這男人打從一開始便知道朋友會來救他，所以才故意耍嘴皮子挑釁烏諾，拖延時間嗎？

不過，若是如此，為何不告訴自己？

「這麼重要的事，你怎麼不跟我說？」

里卡多逼問。

「我現在說了啊。」

馬丁內斯回答，毫無反省之色。

里卡多一臉不快，輕輕揍了馬丁內斯的肚子一拳。

馬丁內斯一面撫摸挨揍的肚子，一面把視線轉向馬場和林。

「——對了。」

他打量兩人的臉問道：

「你們的臉怎麼了？兩個人都得了扁桃腺炎嗎？」

林和馬場的右臉頰都是又紅又腫。

「不是。」林恨恨地說：「你別管。」

「哎，發生一些事。」馬場也含糊其辭。

到底怎麼了？在馬丁內斯歪頭納悶之際，他的手機響了。

馬丁內斯按下通話鍵，把手機放到耳邊。「是誰？」

『熱愛竊聽的調皮鬼。』

「哦，是你啊。」

來電的人是榎田。

『馬丁大哥，你沒事吧？』

聞言，馬丁內斯面露苦笑。「託你的福。」

『原來你知道竊聽器的事啊，真不愧是馬丁大哥。』

「早就看透啦。你怎麼可能放著不管呢？」

所以他相信榎田一定會採取行動。

『我已經替你開好路啦。』

「你還是老樣子，滴水不漏。」馬丁內斯面露笑容回答：「剩下的交給我吧。」

馬丁內斯掛斷電話，轉向馬場和林。

「你們已經聽榎田說明來龍去脈了吧？」

「嗯。」林點頭。「墨西哥的販毒集團登陸福岡？」

「對，他們打算在這裡做生意。再這樣下去，福岡會變成毒品氾濫的城市。」

「那可就糟了。」

若是讓販毒集團的毒販繼續猖獗下去，總有一天福岡也會步上墨西哥毒品戰爭的後塵。槍戰、暴力、殺人成為家常便飯，普通百姓無辜受害，腐敗的警察、媒體與政治全都在販毒集團的掌控中——從前親眼目睹的慘狀，不能讓它在這座城市重演。

「不能讓他們胡作非為，你們也來幫忙吧。」

聽了馬丁內斯的話語，林和馬場都堅定地點頭。

「要用什麼戰略？」

林詢問馬丁內斯，里卡多帶著啼笑皆非的表情插嘴：

「別把戰略交給這傢伙擬訂。他總是走一步算一步，會被他耍得團團轉。」

「別擔心，里可。有這兩人在，沒問題的。」

馬丁內斯自信滿滿地說道。無論是什麼戰略，相信他們都能完美執行。

「毒品交易地點是日落公園，現在乃萬組的人應該也來了。」

要搬運十公斤的大麻，他們應該會準備不少人手。相較之下，我方只有四個人，敵眾我寡。

不過，我方有兩個本領高強的殺手，不至於無法抗衡。

「乃萬組好像打算剷除中國人販毒組織。」

聽了馬場的話，林瞪大眼睛。「真的假的？」

「岸原是這麼說的，要把中國人引到日落公園殺掉。就算我不在，他大概也會命令手下動手唄。」

「正好，我們就等他們的人數變少之後，再從海上發動奇襲。」

馬丁內斯撿起地上的防彈背心和鐵管，說著「走吧」邁開腳步。里卡多等人也隨後跟上。

「從海上？要怎麼去？」

馬丁內斯一面穿上防彈背心，一面回答：「那還用說，當然是坐船啊。」

「你會開船嗎？」里卡多詢問。

「不會。」

「有人有執照嗎？」

里卡多向林和馬場確認。

「不。」

「沒有。」

兩人都搖頭。

「瞧，就坐那個。」

馬丁內斯指著浮在海上的小船。

「那是小船耶！」

「別說了，快上船吧。」

四個男人坐上手划小船，船身大幅搖晃。

「……明顯超載了吧？」

林邊用刀子切斷船身和繫船柱之間的繩子邊說道。

「好像快翻船了。」馬場也皺起眉頭。「要是又掉進海裡怎麼辦？」

好，該出航了。馬丁內斯握住船槳，用天生的蠻力划船。船身一面搖晃，一面緩緩在漆黑的海上前進。

不知會先靠岸？還是先沉船？

「搖晃得好厲害。」

「沒問題吧？」

「你太重了，下去。」里卡多對馬丁內斯說道。

「喂喂！」船已經離岸了。「我現在怎麼下船啊？」

「用游的。」

「別說蠢話。」

馬丁內斯在搖晃的狹窄船上繼續說明戰略。

「聽好了，首要目的是逮捕洛斯艾薩斯的成員，扣押大麻。日本人放著不管也沒關係，但絕不能讓販毒集團的人逃掉。」

「換句話說，把他們全殺光就行了吧？」

「等等，別殺人。」里卡多立刻插嘴：「要是在我眼前殺人，我可就傷腦筋了。」

林沉下臉，馬丁內斯向林解釋：「這傢伙是探員。」

「所以把在場所有人全部打昏就行了？」

「沒錯。」

前進片刻後，一座臨海的公園映入眼簾，是日落公園。昏暗的街燈下，聚集了十來個男人，其中也有烏諾等人的身影。

「看，他們在那裡。」馬丁內斯壓低聲音，指著那群人說：「氣氛不太對勁。」

隨後，槍戰開始。乃萬組圍住中國人販毒組織，將他們一一射殺。

釣船就停靠在附近。馬丁內斯等人趁亂接近，划過釣船的死角，將小船靠岸。

「——好，攻守交換的時間到了。」

馬丁內斯握緊鐵管，面露賊笑。

九局上

日落公園一角有個頂端立著飛鳥銅像的白色紀念碑，烏諾把釣船停在附近，並用繩子將船綁在繫船柱上。

和看守毒品的特雷因達會合後，烏諾等人坐在裝著武器的吉他盒上等待交易對象到來。L形步道圍著公園延伸，他們的所在位置正好是L的轉角位置。

約定時間一到，中國人便來了。隨後，乃萬組成員大舉湧上，團團圍住中國人。中國人中了陷阱。

乃萬組的人毫不容情地射殺啞口無言的中國人，轉眼間便形成一座屍山。

「啊，真是個美好的夜晚。」

烏諾環顧屍橫遍野的現場，開口說道。

「今天會成為歷史性的一天。」

洛斯艾薩斯和乃萬組——國籍不同的兩個組織齊聚一堂，攜手合作，福岡集團終於誕生了。

此時——

「快把貨給我們。」

乃萬組的男人催促。

「別急，我們已經準備好了。」

烏諾向同夥打了個信號。歐丘點頭，拿下蓋在商品上的塑膠布。

「瞧，這就是約好的貨。」

排放在紅磚步道上的十公斤大麻從塑膠布底下現身。見狀，眾人的眼睛全都閃閃發光。

「欸，可以試試味道嗎？」

乃萬組的男人詢問。

「請便。」

烏諾把一小包塑膠袋扔給男人。

男人打開袋子，拿出一撮藥草，以打火機燻烤。他用鼻子使勁一吸，露出恍惚的神情。

「……很好，是上等貨色。」

「這是澳洲產的高級大麻，我們對品質很有自信。」

從生產至後續各個環節都經過嚴格控管，每公克價值八千圓左右，比一般貨色昂貴不少，但烏諾預計還是可以熱銷一空。

「按照約定，這十公斤的貨用半價賣給你們，請你們便宜提供給顧客試用。我希望能夠打響商品的名號。」

烏諾拿起裝著大麻的袋子，遞給交易對象。就在這時候——

「……喂，那是什麼？」

乃萬組的男人凝視著漆黑大海，並指著某處。

「有人！」男人叫道。

烏諾回過頭來。

瞬間，一對雙人組跨越分隔大海與陸地的柵欄，衝了過來。

一個是身穿西裝的男人，手上拿著長兵器——是日本刀。

另一個似乎是女人，手上握著刀子。

「他們是誰？」

烏諾退後，與雙人組拉開距離，茫然望著現場。

只見那兩人對著乃萬組成員上演全武行，迅速遊走於眾人之間，準確地攻擊對手的頭部或心窩。

面對意料之外的發展，在場眾人全都陷入恐慌。他們無暇反擊，轉眼間，除了烏諾一行人以外，所有人都被雙人組撂倒。昏厥的日本人倒在中國人的屍體之上。

雙人組這回把目標轉移至烏諾等人身上。情況不妙！烏諾咂了下舌頭。為什麼老是有人礙事？

——交易取消。

「歐丘！特雷因達！」

烏諾指著敵人，對同夥叫道：

「拖住他們！我去搬貨！」

十公斤高級大麻仍然放在步道上。這是價值八千萬圓、終端售價高達數億圓的重要商品，不能擱在這裡逕自逃走。

「知道了！」

歐丘點頭，抱起吉他盒拔足疾奔。特雷因達似乎也聽懂了烏諾的指令，立即採取行動。歐丘往右，特雷因達往左前進。

敵人也兵分二路，分頭追趕。

烏諾趁機火速將大麻移到船上。他從岸上直接把袋子一包包地丟向甲板。

在他抱起下一包大麻時——

「——到此為止。」

聞言，烏諾倏然停下動作。

他轉過頭望向背後，只見一個男人持槍而立。看見對方的臉，烏諾大吃一驚地瞪大雙眼。那是他剛才抓住的ＤＥＡ探員。

「有機會逃卻不逃，真是個貪心的傢伙。」探員啼笑皆非地說道。

混帳！烏諾咂了下舌頭。這小子是怎麼逃出來的？莫非剛才的雙人組也是這小子派來的嗎？

探員一手持槍，另一手拿出手銬。

「我會把你送進你最愛的拉米羅老大待的監獄。」

情況不妙。該怎麼辦？烏諾自問。說歸說，現在沒時間讓他慢慢煩惱，他必須逃走，不能栽在這種地方。

幸好對手只有一個人，甩掉他不成問題。

烏諾把手上的袋子扔向探員，趁對方的注意力分散時轉過身，迅速跨越柵欄，連滾帶爬地跳到大麻形成的護墊上。

「喂，站住！」

探員在背後叫道，接著，槍聲響起。探員從柵欄探出身子，朝著烏諾開槍。烏諾切斷繫船柱上的繩子，壓低姿勢前往操舵室開船，以防被子彈射中。釣船緩緩地在海面上前進。

行駛片刻後，烏諾鬆一口氣。來到這裡，子彈就射不到了。雖然未能把所有商品裝上船，但至少保住自己的安全。

剩下的問題是歐丘和特雷因達。不知他們是否平安無事？

離岸一段距離以後，烏諾拿出手機，打電話給某個熟識的男人。對方立刻接聽。

『怎麼了？』

「聽我說，事情不好了。」

『發生什麼事？』

「進行交易的時候，被那個探員突襲了。」

『什麼？』男人發出驚訝的聲音，『現在的狀況呢？』

「我帶著貨搭船逃走，其他兩人我不清楚。」

『放心吧，就算他們被抓，我也會想辦法救他們。』

烏諾點頭。「拜託你了。我花大把鈔票就是為了這種時候。」

『嗯，我現在立刻趕過去。』

烏諾掛斷電話，再度掌舵。

這一瞬間——

「把船停下來，烏諾。」

突然有人說話，烏諾猛然回過頭。

一個手持鐵管的壯漢站在他的身後。

「……亞歷克斯。」

烏諾喃喃說出男人的名字。「這回是你？」他皺起眉頭。

按照作戰計畫，殺手雙人組收拾乃萬組成員的期間，馬丁內斯和里卡多躲在小船上，伺機而動。他們料到洛斯艾薩斯三人組會循海路逃走，打算在他們乘船之際抓住他們。

沒想到，洛斯艾薩斯的兩人居然留在陸地上當誘餌，只有烏諾帶著商品試圖逃亡。

「別急著走嘛，烏諾。難得一趟航行都浪費了，好好欣賞夜景吧。」

「……你……」烏諾瞪著馬丁內斯問：「是什麼時候跑到我的船上？」

「你搬大麻的時候，我一直躲在船上的廁所裡，早就料到你們會搭船逃走。」

——這是謊話。

事實上，是馬丁內斯在待命期間突然有股尿意。他原本要對著海面解手，卻被里卡多斥責，無可奈何之下，只好借用洛斯艾薩斯釣船上的簡易廁所——背後原因實在太遜了，所以他選擇隱瞞事實。

馬丁內斯窩在廁所裡時，里卡多讓烏諾逃走固然是失算，但馬丁內斯仍在船上，可說是不幸中的大幸。

事到如今，只能靠自己制伏這傢伙。

「沒想到你居然把其他兩人當誘餌，自己帶著貨逃走。那些葉子比同夥的性命更重要嗎？」

烏諾皺起眉頭回答：「你也很清楚吧？在我們的世界，毒品比人命更有價值。」

「你們的世界我不在乎。」馬丁內斯低聲說：「快點從我的城市滾出去。」

馬丁內斯揮動鐵管，打算給對方的腦門一擊，下一瞬間，烏諾趁機把舵大大地往右轉。

「唔喔！」

船身大幅搖晃，馬丁內斯隨之踉蹌幾步。他失去平衡倒了下來，背部撞上船緣，鐵管也跟著脫手，在甲板上不停滾動。

馬丁內斯咂了下舌頭，瞪著對手罵道：

「混蛋，算你厲害。」

烏諾停下船，拔出手槍，指著赤手空拳的馬丁內斯。

被槍口指著的馬丁內斯聳了聳肩，舉起雙手。

「知道了，知道了，我投降。」

然而，烏諾並未收手。

「我作夢也沒想到，居然能親手殺了你這個叛徒。」

他的手指扣住扳機，眼看著就要開槍。

「——去死吧！亞歷克斯。」

會被殺掉——馬丁內斯暗想。烏諾對他恨之入骨，是真心想殺死他。情急之下，馬丁內斯蹲了下來。

隨後，一道槍聲響徹四周。

然而，烏諾並未開槍——他沒機會開槍。

在他扣下扳機前，有人先開槍了。一發子彈射中烏諾的右手背，他拿著的手槍猛然彈開。

「——雙手舉起來。」

馬丁內斯轉向聲音的來源，發現里卡多的身影。

他是什麼時候上船的？馬丁內斯瞪大眼睛。

「又是你！」

烏諾大吼，試圖撿槍，但馬丁內斯沒讓他得逞，迅速拾起鐵管，攻擊烏諾頭部。

「嗚！」烏諾微微呻吟，倒在甲板上。

里卡多俯視狀如死屍的烏諾，皺起眉頭問道：

「……他沒死吧？」

「我已經手下留情了。」

里卡多觸摸烏諾頸部。人還活著，只是昏倒而已。

「真是的，你到底在幹什麼啊……」里卡多氣喘吁吁。「一般人會拿鐵管挑戰有槍的人嗎……真是個不知死活的白痴。」

里卡多顯然十分疲累，而馬丁內斯立即察覺到理由。他指著海面問：「你是坐那個來的？」

手划小船漂浮在釣船旁，里卡多應該是坐著這艘小船追過來的吧。從日落公園到這艘釣船約有三、四十公尺的距離。一想像里卡多拚命划船的模樣，馬丁內斯就覺得好笑。

在馬丁內斯強忍笑意之際，里卡多將昏倒的烏諾上了銬說道：「這下子逮住一個了，還剩兩個。」

洛斯艾薩斯的其餘兩人正與馬場他們對峙。

「哎，交給他們應該就行了吧。」

馬丁內斯悠哉說道。

「搞什麼鬼啊！混帳！」

歐丘拿著吉他盒，一面在步道上奔跑，一面皺著眉頭發牢騷。

數公尺後方傳來追兵的腳步聲。追趕自己的是突然出現的雙人組中的男人。歐丘不時回頭開槍牽制對方，一路狂奔。

不久後，子彈耗盡，他扔掉手槍。

紅色鐵塔映入眼簾——是博多港塔。前方是五人足球場。

歐丘的腦中突然浮現一條妙計。

吉他盒裡裝著他愛用的衝鋒槍——AK－47。只要把敵人引到視野開闊的五人足球場，對方就無路可逃，也無處可躲，屆時，他即可開槍狙擊。

歐丘踏入無人的足球場。

他來到護欄環繞的球場正中央，解開吉他盒的金屬扣。打開蓋子的瞬間，他不禁瞪大眼睛。

裡頭裝的不是衝鋒槍。

是刀子，小型的野外求生刀、廓爾喀彎刀、大砍刀——盒裡裝滿各式各樣的刀子。

——拿錯了。

「混蛋！」歐丘粗聲罵道。

這是特雷因達的武器。那小子愛刀成痴，鮮少用槍，平時總是赤手空拳或用刀子戰鬥。剛才手忙腳亂，居然誤拿特雷因達的盒子。

「混帳！」歐丘啐了一句。

在他磨蹭的時候，男人已經出現在足球場入口。

四方都被護欄包圍，無處可逃。糟糕，原本打算誘敵，誰知反倒被逼進死路。

——事到如今，只好硬著頭皮上了。

歐丘做好覺悟，拿出吉他盒裡最大的刀子。他握住約三十公分長的大砍刀，擺出迎戰架式。

「我要把你的腦袋砍下來當球踢。」

歐丘用刀尖指著對手，面露賊笑。

男人手持日本刀，緩緩走上前來，拔出刀子。

歐丘先下手為強。

「喝！」他大喝一聲，揮刀砍向男人的身體。

男人用日本刀抵擋歐丘的攻擊，一面格擋大砍刀一面後退。金屬聲在安靜的球場中持續響起。

贏得了——歐丘如此暗想。

對手被壓制，就這樣繼續壓制下去吧。

歐丘揮動大砍刀，把對手逼到護欄邊。刀刃劇烈碰撞，雙方的攻擊戛然而止。

瞬間，歐丘使勁把武器往下壓。

男人無處可逃，脖子夾在護欄和大砍刀之間，僅差幾公分，手中的日本刀就會砍到自己的喉嚨。

男人也使上勁，試圖格開歐丘的刀。雙方互相較勁。

「欸，你……」在互不相讓的膠著狀態中，歐丘開口：「和亞歷克斯是一夥的？」

聞言，男人歪頭納悶。「……亞歷克斯？」

或許他現在使用的是假名。「就是那個多明尼加人。」歐丘補充說明，男人終於明白是誰了。

「給你一個忠告，那傢伙是個卑鄙的叛徒。」

歐丘把臉湊近對方，露出賊笑說道。不過，忠告毫無意義，因為這個男人將會死在這裡。

「他應該也會立刻背叛你吧！因為他是個沒種的人妖……」

歐丘沒能把話說完。他的臉孔突然竄過一道衝擊，同時，整個人猛烈彈開。歐丘慘叫一聲，倒在球場上。

他的臉頰一陣滾燙，似乎是挨了拳頭。

「混、混帳！你幹什麼！」

歐丘連忙起身，氣急敗壞地揮舞大砍刀。

——太大意了。沒想到對手拿著日本刀那種誇張的武器，居然還會徒手毆人。

男人用日本刀格擋大砍刀，同時迅速往左側閃開。歐丘的勁道被卸去，失去平衡，往前方傾斜。對手趁機用刀柄刺向歐丘的手掌，打落大砍刀。

如今歐丘手無寸鐵，男人立即發動攻勢。臉部、側腹、腹部接連中擊，歐丘搖搖晃晃地撞上護欄。

「……只會說大話，沒啥大不了的。」

男人啼笑皆非地喃喃說道。他伸出右手，用力抓住歐丘的脖子。近距離之下所見的男人眼神十分凌厲。

「啊，呃！」

脖子被勒住，歐丘連聲音都無法正常發出來。

「我也給你一個忠告。」

男人更加使勁抓住歐丘的脖子，低聲說道：

「下次再說我朋友的壞話……我就宰了你。」

男人殺氣騰騰的聲音和令人發毛的表情，讓歐丘不寒而慄。

兩側的頸動脈受到壓迫，視野逐漸模糊。

——結果，還是沒吃到日本料理。

在逐漸遠去的意識中，歐丘突然想起這件事。

與乃萬組進行交易時，遭到神祕雙人組襲擊。

毒品比人命更重要。必須設法爭取時間，讓烏諾把大麻搬到船上。

特雷因達逃往歐丘的反方向，在步道盡頭停下腳步。背後是排放著貨櫃的貨櫃場，對岸的海埔新生地上是一整片的工廠夜景。特雷因達決定在這個充滿碼頭風情的地點迎擊敵人。

敵人踩著喀喀作響的鞋跟跑過來。出現於眼前的敵人看起來是個女人，身材矮小，留著一頭長髮，是隨處可見的普通女人——除了右手握著刀子這一點以外。

無論對手是男是女，敵人就是敵人，特雷因達該做的事並沒有不同。他不會饒過對方，頂多只會下手輕一點。他會立刻把對手打得毫無還擊之力。

「你是洛斯艾薩斯的成員吧？」

對手開口。很遺憾，特雷因達不懂日文，只聽出「Los Eses」這個單字。他沉默不語，窺伺對方的舉動。

面對毫無反應的特雷因達，對手沉吟一會兒。

「墨西哥說的是西班牙文吧？我在設施裡學過，但沒機會用，幾乎忘光了。」

接著——

「哈囉……不是。呃，歐拉（嗨），寇莫．艾斯塔斯（你好嗎）？」

對方舉起左手，用生硬的西班牙文說道。

「Muy bien. Gracias.（我很好，謝謝。）」

特雷因達回答，對手心滿意足地點頭，似乎為了語言相通而高興。

對方又繼續說道：

「索伊，林（我叫林），恩坎塔兜（幸會）。特，馬托，阿歐拉（接下來要殺了你）。」

聽了這番突如其來的駭人招呼，特雷因達皺起眉頭，心生警戒。

他舉起雙手，擺出迎擊架式。

「好像聽懂了呢。」

敵人面露賊笑。

對手搶先發動攻勢，挺刀攻向特雷因達。敵人個頭矮小，體態輕盈，身手矯若遊龍，一瞬間便鑽入特雷因達的懷中，一刀刺向腹部。

特雷因達一步也沒有移動，正面接招。他抓住敵人持刀的手臂，順勢一拉，對手立時往前倒；他又反扭手臂，將刀尖指向敵人，一個使勁，刀子便刺入對手的腹部。

「好痛！」

敵人的臉龐因劇痛而扭曲。

刀子僅刺入一、兩公分深，還不到致命的地步，這是因為對手察覺了特雷因達的意圖，中途將身子往後縮之故。

敵人居然能在失去平衡的狀況下及時避開刀子，讓特雷因達大吃一驚。善戰的肌肉與韌性十足的柔軟性——這傢伙不是尋常角色。

然而，特雷因達也不是省油的燈。他知道會被閃開，另一隻手早已握拳，揍向對手的太陽穴，並接連攻擊喉結、心窩、肋骨等要害。

敵人微微呻吟，不停咳嗽。

特雷因達揮動右拳，正打算給對手的臉部一擊時，右臂突然竄過一陣痛楚，他連忙縮回身子。

仔細一看，前臂多了道刀傷，傷口滲出血。

敵人似乎在被毆打的時候拔出側腹上的刀子藏起來，伺機反擊。幸好特雷因達一察覺疼痛立刻拉開距離，才撿回一條命。

特雷因達拿出暗藏的武器——折疊式切肉刀。殺傷力雖然低，但刀刃細、刀尖銳利，只要使用得當，就能對敵人造成莫大傷害。

敵人由於頭部受到痛擊，步伐變得搖搖晃晃。

特雷因達繼續進攻，用手刀格擋對手揮來的刀子，慢慢拉近距離。

他以持刀的右手從內側格開對手的刀子，並趁著攻擊停止的一瞬間，反手抓住敵人的手腕，制住對方的行動，接著用細若針頭的切肉刀尖刺向對手的手肘。

「嗚、啊！」

不成聲的慘叫聲響徹四周。

人體的肩膀至手臂有大神經通過，刺激位於中間的手肘，便會造成難以忍受的劇痛。這是人類的要害之一，也是拷問常用的手段。

敵人的手掌鬆開，刀子隨之掉落。趁著對手痛苦之際，特雷因達抓住敵人的另一條手臂，用同樣的手法毫不容情地刺穿手肘。

「啊，嗚……啊，混蛋！」

對手痛得蹲在地上，發不出聲。這下子要握刀是不可能了。

臉部、身體，還有雙臂——特雷因達給予對手的全身痛擊。疼痛能讓人喪失戰鬥意志，身心不聽控制。

「Ya no podrás moverte con ese dolor.（痛成那樣，應該動不了了吧。）」

特雷因達冷冷俯視蹲在地上垂頭發抖的矮小身軀。

他從未遇過挨了這番攻擊還能反擊的人。這傢伙已經沒戲唱。

「Ahora te haré sentir mejor.（這就幫你解脫。）」

特雷因達伸出手，打算勒死對手——這時，對手痛苦扭曲的臉龐突然放鬆。

同時，嘴角揚起。
看見敵人的表情，特雷因達驚訝地瞪大眼睛。
——這傢伙居然在笑？

九局下

林是個耐得住疼痛的人，畢竟他受過那樣的訓練。不過，被如此痛毆，情況可就另當別論。

——混蛋，身體動彈不得。

林皺起眉頭。

男人的攻擊全都結結實實地打中他，他的身體因為劇痛不聽使喚，太陽穴被毆讓他頭昏眼花。光是呼吸，肋骨就咿軋作響，骨頭不知被打斷幾根。

非但如此，雙臂同樣動彈不得，神經似乎也受損。

林痛得使不上力，連刀子都握不住，既不能戰鬥也無法逃走。

敵人漸漸逼近。

混蛋——林咂了下舌頭，再這樣下去可就糟糕。

在林苦思如何突破困境時，發現視線前端的地上有個東西。

——是個小瓶子。

那個瓶子有點眼熟。林想起來了，販毒組織的中國人給了他止痛藥。他一直放在口袋裡，大概是打鬥時掉出來的。

中國人說瓶子裡裝的是嗎啡新藥。嗎啡能夠限制傳送到大腦的痛覺信號，抑制疼痛，但同時會產生運動能力下降的副作用，若是服用，大概就無法長時間戰鬥。

不過，林不能就這麼坐以待斃。

——必須一擊決勝負。

林咬緊牙關，奮力抓起小瓶子，用門牙咬開瓶蓋。他蹲在地上，縮起身子，背著對手偷偷把藥灌進喉嚨裡。

腦袋立即變得模糊，但全身的疼痛也同時緩和下來。原來如此，確實是即效性。

「Ahora te haré sentir mejor.（這就幫你解脫。）」

聲音在近處響起。男人已經逼近眼前。

林抓準對手伸出手臂的時機，展開行動。

他緊握刀子，刺向男人的身體。然而，他失手了。混帳——林咂了下舌頭。男人的大腿流出鮮血。他原本是瞄準腹部，卻被男人及時閃開。

男人發出哀號，拖著腳往後退開。

——別想逃！

馬丁內斯要林活捉敵人，但林才不管那麼多。他是殺手，再說，現在他不殺人就會被殺掉。他瞄準對手的要害，扣下匕首槍的扳機。

槍聲響起的同時，男人也呻吟一聲倒下來。林原以為自己射穿對手的心臟，誰知視野因為藥效而模糊，血是從男人的肚子噴出來的。

林搖搖晃晃地站起來。

「啊，混蛋……宿醉還好多了……」

不愧是鴉片類毒品，感覺活像是喝醉酒。林踩著蹣跚的步伐走向男人。敵人還有一絲呼吸。剛才沒打中要害，他應該死不了。為了慎重起見，林用刀柄毆打男人的頭，將他打昏。

歷經一番苦戰，總算分出勝負，接下來只要把這個男人交給馬丁內斯他們就好。

林抓住男人的雙腳，打算將他拖走。

「……好重。」

林拖不動。現在這種狀態，光靠自己是搬不動的，必須討救兵。林轉過身，心想找馬丁內斯幫忙吧。

他擱下男人，暫且回到日落公園。交易現場依然躺著一堆尚未醒來的流氓和被殺的中國人。

馬丁內斯在哪裡？他環顧周圍。
「——林！」
突然有人呼喚自己的名字。
——是馬場。

「……哎呀呀。」
馬場俯視躺成大字形的墨西哥男人，嘆一口氣。
「我好像打得太狠了點。」
好友被用「卑鄙」、「人妖」等字眼侮辱，馬場無法默不作聲，一怒之下，竟一反常態地把對方打得鼻青臉腫。他稍微反省了一下。
馬場抱起昏迷的男人離開五人足球場，沿著臨海步道返回原來的地點。
行走片刻後，日落公園的白色紀念碑映入眼簾。有人站在附近，是一個高個子男人，從背影判斷，並不是林、馬丁內斯或里卡多，八成是馬場剛才打倒的乃萬組流氓。
雖然馬場打昏他，但他不知幾時間醒來了。

仔細一看，那個男人舉著槍。

男人的視線前端是——林。

馬場倒抽一口氣，扔下扛著的男人。

「林！」

馬場大叫。

林對聲音產生反應，回過頭來。

乃萬組的男人叫道：「——去死吧！」

林察覺到即將扣下扳機的男人，瞪大眼睛。

當林聽到馬場的聲音並回過頭時，已經太遲了。昏倒在地的男人站起來，用槍指著自己。

無論是躲開對手的攻擊，或是進行反擊，換作平時，他一定能夠應付，

然而，現在他因為藥效的緣故，動彈不得。他服用的止痛劑帶來的副作用，讓大腦的判斷與痛覺變得遲鈍，他只能愣在原地，眼睜睜看著一切發生。

下一瞬間——馬場代替動彈不得的林採取行動。

位於男人數十公尺後方的馬場揮動右臂。

他似乎扔出某樣東西。一個白色物體飛過來，擊中男人的後腦。

男人因為這道衝擊而倒地，再次昏厥。

馬場扔出的是硬式棒球。球擊中男人的頭之後彈開來，撲通一聲掉進海裡。

「啊！」

林望著海面大叫。

「喂、喂！剛才的不就是那顆球嗎！」

林連忙追問馬場，馬場滿不在乎地回答：「是呀。」

林一臉錯愕。說什麼「是呀」？他到底在幹什麼？

「那不是很重要的東西嗎！」

林質問，馬場露出苦笑回答：

「嗯，那是全壘打球。」

「……全壘打球？」

「對。」馬場點了點頭，繼續說道：「棒球比賽中，選手打出全壘打的時候，觀眾不都會接起來麼？」

「……哦，那個啊。」

這麼一提，林在棒球比賽轉播中常看見，有時候觀眾甚至會搶成一團。

「小時候，我和家人一起去看棒球比賽，當時第四棒的洋將擊出全壘打，而且是再見全壘打。球飛到我們這個方向來，被我爸接住了。」馬場望著大海說道：「那就是當時的球，我爸把它給了我。」

馬場一臉懷念地瞇起眼睛。

從馬場的表情，林隱約察覺馬場的父親或許已經不在人世。對於馬場而言，那顆骯髒的球充滿與父親之間的回憶，比任何事物都更加寶貴。

他毫不知情，完全沒想到那顆球如此重要。

周圍一片漆黑，看不見球在哪裡，不過球才剛落水，應該還漂浮在海面上，或許來得及撿回來。他必須在球沉入海裡之前找到球。

林把身子探出柵欄，眺望海面，定睛凝神地尋找棒球。

但馬場輕輕拍了拍林的肩膀。

「算了。」

他搖了搖頭。表情正如這句話所示，毫無眷戀之色，一派開朗。

「全壘打球再接就有了。」

馬場說得滿不在乎，林只能點頭說：「哦。」

林也很珍惜和家人之間的回憶，至今仍隨身攜帶母親和妹妹的照片，因此他非常清楚那顆比賽用球有多麼重要。

「……對不起。」

這句道歉自然而然地脫口而出。

當時，如果自己沒丟掉那顆球，馬場就不會失去充滿回憶的物品；剛才，若是自己察覺敵人的攻擊，及時反應，那顆球現在應該還在馬場的口袋裡。

都是我的錯——林低下頭。

「別放在心上，小林。」

馬場給了垂頭喪氣的林一個笑容。

「可是，那是很重要的回憶耶。」

「回憶並不是只存在於物品中。」

馬場瞇起眼睛，宛若在懷念過去。

『他也有他的苦衷。他不說，是不想把你扯進他的私事裡。』

林隱約明白當時源造這番話的意思了。馬場八成是擔心自己的過去會牽連朋友，所以從不提自己的事。只要不提，就不會牽連。

不過，那又如何？林才不管那麼多，根本不在乎。其他人八成也是這麼想的。為了朋友著想，刻意劃清界線——既然如此，自己也不客氣了，以後會盡情越線。

「欸！」林仰望馬場，開口說道：「下次跟我說說你爸的事吧。」

聞言，馬場一瞬間露出驚訝的表情。林用堅定的眼神凝視著他的臉龐。

過一會兒，馬場微微地笑了，點頭說：「行。」

林不知道馬場是否感受到自己的心意，不過，他答應了，而今天只要有他這句話就夠了。

接著，馬場把視線移向大海，指著某個方向說：

「呀，馬丁大哥他們回來了。」

釣船映入眼簾。馬丁內斯和里卡多就在船上，船一面蛇行一面駛向日落公園。

「……對了。」林這才想起，說道：「我把那個男的丟在那邊，幫我搬吧。」

里卡多等人勉強把釣船弄回日落公園。公園裡到處是橫臥在地的乃萬組與中國人成員，歐丘也在其中。

然而，不見馬場與林的身影。里卡多歪頭納悶：「那兩人跑去哪裡？」

「應該馬上就會回來吧。」

里卡多他們用船上的繩子把倒在地上的所有男人綁起來，並替烏諾和歐丘上了手銬，用繩子綁住他們的腳，這下子他們就動彈不得。里卡多把像隻毛毛蟲一樣躺在地上的歐丘綁在繫船柱上之後，便向DEA總部報告，接下來只要等候支援趕來，將犯人帶走即可。

為防萬一，里卡多在烏諾等人的腳裝上GPS裝置。見狀，馬丁內斯問道：「怎麼？不是缺貨嗎？」

「哦。」這麼一提，自己這麼說過——里卡多想起來了。「那是騙你的。」

聞言，馬丁內斯面露賊笑：「哦？」

里卡多清了清喉嚨，把視線轉向烏諾。

「你為什麼不殺他？」他詢問馬丁內斯：「如果你想殺他，應該辦得到吧？」

「我說過了吧？我已經不是殺手。」

「讓這幫人活著，拉米羅老大就會知道你的下落，搞不好會派刺客來這個城市殺你。」

「——用不著擔心。」

回答的並非馬丁內斯，而是他的朋友林。

聽見背後傳來的聲音，里卡多與馬丁內斯不約而同地回頭。只見林和馬場就站在眼前，馬場扛著特雷因達。

「對、對。」林身邊的馬場也點頭附和。「有我們在，沒問題的。他們休想動我們重要的主砲半根寒毛。」

「不管是誰來，我們都會把他打得落花流水，就像這樣。」

林指著特雷因達。戰敗的特雷因達血流如注，昏迷不醒。

「哦，辛苦你們啦。」馬丁內斯對兩人說道。「——等等，林！你也受傷了耶！不要緊吧？」

「一點小傷而已。」林一笑置之。

「不，那根本不是小傷吧？」里卡多一臉錯愕地指著林。「你的手肘在流血。」

「他攻擊你的尺神經啊？記得去醫院治療。」

馬丁內斯忠告。

「嗯，我會去給佐伯醫生看看。」

林乖乖地點頭。

里卡多替特雷因達上銬，將他和烏諾等人一樣綁起來。

「謝謝你們，幫了我大忙。」

馬丁內斯道謝。

「別客氣。」

「下次請我吃飯就好。」

馬場和林回以笑容。

「嗯，那當然。」

完成任務的兩人轉過身，一面交談一面離開。

「肚子餓了。去找佐伯醫生以後，吃碗拉麵再回家唄。」

「我沒那個心情。嗑了藥以後，腦袋昏昏沉沉的。」

「嗑藥？」馬場的聲音變了調。「小林，你是啥時學壞的！」

「吵死了，只是止痛藥啦！」

馬丁內斯目送著兩人的背影離去。

「我們的二游搭檔真是太可靠啦。」他得意洋洋地說道。

想。

天底下再也沒有比緝毒探員更不划算的工作了——DEA探員岡薩雷斯時常這麼想。

探員們不眠不休、搏命完成任務，販毒集團的人卻過著揮霍無度的生活，穿金戴銀，蓋豪宅，玩女人，開高級車，吃香喝辣。認真工作的人就像傻瓜一樣。

或許是一時鬼迷心竅，距今九年前，岡薩雷斯開始覺得自己的工作毫無意義。

當時，DEA盯上將古柯鹼銷往美國的維拉克魯茲集團，為了抓住他們的尾巴，派出年輕探員潛入內部臥底。

維拉克魯茲集團的老大是一個叫拉米羅・桑切斯的男人。

有沒有什麼方法能拉攏拉米羅老大？岡薩雷斯暗自尋思。憑自己的立場，從偵查詳情到搜索計畫，沒有弄不到手的。對方對於這些情報應該也是求之不得，只要拿這個當餌與拉米羅進行交易，以後就可以靠著分一杯羹過活。

岡薩雷斯利用沒有值勤的日子前往墨西哥，先一步來到拉米羅常去的當地酒吧。

拉米羅果然如情報所示，來到了酒吧，身邊還帶著一個保鑣。岡薩雷斯認得那個男人——「維拉克魯茲處刑人」亞歷克斯，拉米羅老大的心腹殺手，在DEA內也是赫赫有名的人物。

拉米羅坐在店內深處的座位上，那裡似乎是他的特等席。亞歷克斯坐在老大的對面，一起吃飯。

岡薩雷斯踩著從容不迫的步伐走向拉米羅。

亞歷克斯察覺他的舉動，起身擋住去路，保護老大。

『別靠近老大。』

亞歷克斯用充滿威嚇的聲音下令，渾身散發駭人的殺氣。

『我有話要跟你說，拉米羅老大。』

岡薩雷斯隔著高頭大馬的亞歷克斯說道。

『我無話可說。』拉米羅一口拒絕。『快滾。』

即使如此，岡薩雷斯不能就此打退堂鼓。

『別這麼說嘛，是對你有益的情報。』

看來還是快點切入正題為宜。岡薩雷斯繼續說道。

『你手下那個叫路易斯的車手……』岡薩雷斯壓低聲音，輕聲說道：『他是美國派來的奸細。』

拉米羅對這句話產生了反應。他停止用餐，將視線轉向岡薩雷斯。

『……美國派來的奸細？什麼意思？』

『詳情你自己問個清楚。這是你的看家本領吧？』

拉米羅用手指敲了桌面幾次，示意亞歷克斯坐下。他似乎有意聽聽岡薩雷斯的說法。亞歷克斯默默地坐下來，繼續吃飯。真是一條對主人忠心耿耿的狗啊──岡薩雷斯在心中嘲笑。

『你的目的是什麼？』

拉米羅低聲問道。

『先確認我的情報是否正確吧，其餘的之後再談。』

『如果正確，你打算怎麼辦？』

『我想跟你們交個朋友。』岡薩雷斯更加壓低聲音。『我可以提供你想知道的情報，包含警方攔檢的地點和搜索行動的日程。你只要付出相應的回報就行，很簡單吧？』

拉米羅訝異地皺起眉頭。『你是什麼來頭？檢調單位的人嗎？』

『哎，可以這麼說。』岡薩雷斯含糊以對。隱藏身分較為安全。『就當我是個單純的情報販子吧。』

自此以來的九年間，岡薩雷斯既是緝毒局的探員，同時是販毒集團的間諜。維拉克魯茲集團瓦解以後，他成為後繼組織洛斯艾薩斯的協助者，一如以往地報告偵查狀況，獲取高額賄賂做為回報。其他警察也常幹這種事，他絲毫沒有罪惡感。

洛斯艾薩斯在幾個星期前宣布將在福岡展開生意。他們早就計畫進軍亞洲，現在似乎選擇福岡這個城市做為根據地。

眼下只有一個問題。目前，同事里卡多．聖也．奧爾特加正在福岡臥底。那個男人正義感很強，對於販毒集團恨之入骨，若是得知洛斯艾薩斯登陸福岡，搞不好會單槍匹馬直搗交易現場。要是洛斯艾薩斯的人被里卡多逮捕，岡薩雷斯可就傷腦筋了。

幸好里卡多打算收手，中止臥底任務。岡薩雷斯毛遂自薦接任派駐探員之後，立即飛往福岡。

到了交易當天，果然有了動靜。岡薩雷斯的不祥預感成真，洛斯艾薩斯在交易中被襲擊，是里卡多幹的好事。接獲烏諾的聯絡以後，在福岡市內待命的岡薩雷斯立刻趕往碼頭。

來到交易現場的日落公園，岡薩雷斯發現身穿DEA防彈背心的男人身影——是里卡多。

「——里卡多。」

岡薩雷斯呼喚，男人回過頭來。

「岡薩雷斯！」里卡多驚訝地瞪大眼睛。「你已經來日本啦？」

「嗯，昨天剛到。」岡薩雷斯回答，改變話題。「先別說這個。我聽總部說了，你立下大功啊，奧爾特加探員。犯人在哪裡？」

「在那邊，全都上銬綁起來了。」

「這樣啊。」

岡薩雷斯點了點頭。必須快點放走他們。

這時候——

「怎麼了？你在跟誰說話？」

除了里卡多以外，另一個男人現身。

——這傢伙該不會是……

岡薩雷斯一眼就認出來了。黝黑的膚色、壯碩的身軀和手臂上的刺青，他絕不可能忘記——這個男人是亞歷克斯。

不妙。九年前，岡薩雷斯和他在墨西哥的酒吧裡見過一面，對方看過自己的臉。

——必須在他發現我的身分之前，先堵住他的嘴。

岡薩雷斯立刻從腋下的槍帶中拔出槍，朝亞歷克斯的壯碩身軀扣下扳機。

槍聲響起，子彈嵌進亞歷克斯的防彈背心中央。在這麼近的距離被大口徑手槍射中，即使身穿防彈背心也難以安然無恙。亞歷克斯似乎因為中彈的衝擊而昏厥，軟倒在地。

「喂！你幹嘛開槍啊！」

里卡多叫道。

「這還用問嗎！」岡薩雷斯也破口大罵：「你瘋了嗎？里卡多！看那傢伙的手臂！他是壞人！」

「我知道。」里卡多壓抑聲音說道：「……這男人是我的幫手。」

「那就幫到這裡為止。逮捕他。」

亞歷克斯倒在地上，扭動身體發出呻吟。他似乎還有意識。

「混蛋……」他瞪著岡薩雷斯，用嘶啞的聲音痛苦地喃喃說道：「Gai Si……Gao Mi Zhe……」

亞歷克斯說著意義不明的話語。

「里卡多。」岡薩雷斯指著大漢，對同事下令：「把他銬起來。」

「可是，這傢伙是——」

里卡多仍在遲疑，岡薩雷斯叫道：「快點！」

里卡多不情不願地點頭，繞到亞歷克斯的背後。喀嚓！金屬聲傳來。

「好，這樣就行了。」岡薩雷斯點頭。「我們去搬運艾薩斯那幫人吧。」

「跟我來。」

里卡多轉身邁開腳步。

他們把亞歷克斯留在原地，在步道上行走片刻以後——

「——站住。」

岡薩雷斯用槍口指著里卡多的背部。

「……」

里卡多默默地停下動作。

「把槍丟掉。」

岡薩雷斯下令，里卡多依言丟掉身上的手槍。黑塊在混凝土地上滾動。

「雙手舉起來。」

里卡多乖乖舉起雙手，慢慢地回過頭。

「這到底是怎麼回事？岡薩雷斯。」

「你還沒發現嗎？」岡薩雷斯面露賊笑。「我不是來幫你的，是來放洛斯艾薩斯的人逃走。」

「……原來你和他們勾結？」

「嗯，沒錯。我早就知道烏諾他們要來福岡進行交易，之所以拜託上司派我來福岡接替你的任務，也是為了護航他們的生意。要是洛斯艾薩斯被捕，我可就傷腦筋了。他們是我寶貴的收入來源。」

「是從什麼時候開始的？」里卡多皺起眉頭。「你是什麼時候變成販毒集團的奸細？」

「九年前。」岡薩雷斯繼續說道：「向拉米羅老大揭穿你是叛徒的人就是我。出賣你，讓我贏得他們的信任。」

「……王八蛋。」里卡多怒目相視，恨恨地說道：「我絕不饒你。」

「很遺憾，里卡多，你會死在這裡。」

岡薩雷斯扣住扳機。

「你抓住洛斯艾薩斯的成員，卻遭他們趁隙反擊、開槍射殺，結果光榮殉職，犯人則平安逃脫——這就是劇本。」

「哼！」里卡多嗤之以鼻。「好無聊的劇情，這種劇本可是得不了阿里爾獎。」

「我真佩服你，在這種關頭還有心情耍嘴皮子。」

「大概是被某人傳染的吧。」

「最後還有什麼話要說嗎？」

岡薩雷斯詢問，里卡多點了點頭。

「嗯，有。」

接著，他筆直望向岡薩雷斯。

「拜拜，岡薩雷斯。」他面露賊笑，「監獄見。」

什麼？岡薩雷斯還來不及反問，背後傳來一道聲音：

「——Adios，探員。」

——是亞歷克斯的聲音。

岡薩雷斯回過頭的同時，一陣強烈衝擊襲來。理應被銬上手銬的亞歷克斯，居然拿著鐵管攻擊他。全力揮動的金屬棒打個正著，岡薩雷斯整個人飛得老遠，越過柵欄掉進海裡。

頭下腳上落海的岡薩雷斯濺起猛烈的水花，他慌張失措地揮動手腳，拚命掙扎，好不容易才浮出水面，用雙手抓住混凝土地。

待他把頭探出水面的時候，已經有兩個男人等著他——里卡多和亞歷克斯低頭俯視著他。

「再見場外全壘打。」

亞歷克斯把鐵管扛在肩上，露齒而笑。

里卡多瞪著成了落湯雞的岡薩雷斯，恨恨地說道：「叛徒正適合泡水。」

面對兩人，岡薩雷斯啞然無語。他至今仍不明白發生什麼事，一頭霧水。

他嘔出海水，開口問道：「為什麼？這是怎麼回事……」

為什麼亞歷克斯有辦法毆打他？

「手銬呢！」

岡薩雷斯確實聽見手銬銬上的聲音，亞歷克斯應該被銬起來了。他是怎麼掙脫的？莫非他反手解開手銬？

「銬上了。」里卡多回答：「兩頭都是銬在左手上。」

聞言，岡薩雷斯這才發現亞歷克斯的左手腕上套著金屬環，看起來就像戴著手環一樣。

「什麼……」

岡薩雷斯瞪大眼睛。

這是怎麼回事？為何里卡多沒有銬住亞歷克斯？難道他看穿自己的目的？

「……你知道我是叛徒？」

「剛剛才知道。這傢伙告訴我的。」

說著，里卡多用拇指指著身旁的男人。

「我記得你的臉。」亞歷克斯代替里卡多說下去。「所以我馬上發現你是當時在維拉克魯茲和拉米羅老大見面的人。沒想到你居然是ＤＥＡ探員。」

「可是，你是怎麼——」

他是怎麼向里卡多通風報信？

亞歷克斯說出答案：

「我用中文說的，以免被你發現。『Gao Mi Zhe（告密者）』就是指你這種專打小報告的人。」

岡薩雷斯想起剛才亞歷克斯的輕喃。原來那段意義不明的話語，是用來向里卡多揭穿他的底細嗎？

亞歷克斯抓住岡薩雷斯的手，把他從海裡拉起來，並順勢將他的手臂往後扭，制伏了他，里卡多趁機替他上銬。

銬住岡薩雷斯之後——

「欸，里可。」亞歷克斯露出潔白的牙齒，得意洋洋地笑說：「我的中文講座挺有用的吧？」

賽後訪談

數天後，馬丁內斯和里卡多再次見面。

地點是位於親富幸路一家叫做「Volare」的墨西哥料理專賣店。播放著輕快騷沙音樂的店裡設置了吧檯座位與幾張桌位，外國顧客不少。

里卡多坐在吧檯座位的邊緣。馬丁內斯在他的身邊坐下，點了杯飲料。

兩人舉起龍舌蘭的一口杯。

「¡Salud!（乾杯！）」

馬丁內斯一口喝乾，又接過下一杯酒才問：「突然叫我出來，有什麼事嗎？」

今天是里卡多主動邀請馬丁內斯吃飯。

里卡多喝一口加了萊姆片的可樂娜啤酒。

「我想起自己還沒向你道謝。」里卡多回答：「多虧你，才能抓住洛斯艾薩斯成員和內奸，謝啦。」

洛斯艾薩斯——在馬丁內斯等人的奮戰下，DEA順利逮捕烏諾、歐丘及特雷因達三人，他們打算銷售的三百公斤毒品也遭全數扣押。非但如此，還揪出長年以來在DEA內部橫行的販毒集團奸細。

乃萬組設計圍殺中國人之後，雙方的爭鬥越演越烈，中國人成員幾乎全數喪命，販毒組織隨之瓦解，他們掌控的香港、福岡間的毒品走私管道也因此斷絕。另一方面，乃萬組因為大陣仗火拼而被警方加強監控，生意大受影響。一切都往好的方向發展。

里卡多遞出一個厚厚的牛皮紙信封，裡頭大概裝著萬圓鈔。

「這是謝禮，收下吧。」

馬丁內斯搖了搖頭。他並不是為了錢才幫忙。

「我不能收。我只是在還從前的債而已。」

他把信封推回給對方。「就當作是精神賠償吧。」

里卡多乖乖將錢收入懷中。「嗯，我明白了。當年的事就一筆勾銷吧。」

「謝啦。」

「今天我請客，盡量喝吧。」說著，里卡多加點了西班牙香腸及醃菜等料理。這家店的料理道道美味可口。

「……還有，關於上次說的事。」

兩人一面喝啤酒，一面享用送來的下酒菜，此時，里卡多突然想起一事，開口說道：「我在ICPO有人脈。我會替你安排，讓你以死亡結案。」

「真的假的？」馬丁內斯興奮地說道：「太好啦。」

「不過，這樣真的好嗎？你不逃去其他地方？」

烏諾等人還活著，檢調機關內部的間諜應該也不只岡薩雷斯一人，向CIA出賣組織的叛徒亞歷克斯在遙遠的日本城市生活的消息，想必不久就會傳入監獄裡的拉米羅老大耳中，拉米羅很可能會從圍牆內指揮手下，派遣刺客到福岡刺殺馬丁內斯。

因此，里卡多建議馬丁內斯接受DEA的證人保護計畫。

然而，馬丁內斯拒絕了。

「不必了。」

即使有生命危險，馬丁內斯也不願再次改名換姓，逃往他國。

「我不喜歡躲躲藏藏的。」他將可樂娜啤酒灌入喉嚨中。「再說，我喜歡這座城市，不想離開。」

「而且你有可靠的隊友。」

「沒錯。」馬丁內斯指著里卡多的臉說。

「以後你打算怎麼辦？」這回輪到馬丁內斯發問。「回美國嗎？」

「不，我會以派駐探員的身分暫時留在福岡。」

「那麼，以後又可以一起喝酒了。」馬丁內斯舉起啤酒瓶。

「下次換你請客。」

「哦，好啊。」

「下回吃壽司吧？去中洲的高檔店。」

「別說蠢話了。」

兩人對望一眼，放聲大笑。

「如果遇上什麼困難，就聯絡我吧。」馬丁內斯望著里卡多說道：「我隨時都會幫你的忙，搭檔。」

「嗯。」里卡多點了點頭，帶著笑容回答：「到時候就拜託你啦，佩佩。」

這是一個美好的夜晚。馬丁內斯在店門前和里卡多道別後，醉醺醺地走向博多一帶。

他的目的地是馬場偵探事務所。

右手提著的紙袋裡裝著從「Volare」外帶的數種墨西哥夾餅。這是他的一點小心意，用來答謝身為這次大功臣的二游搭檔。

馬丁內斯帶著墨西哥夾餅伴手禮，打開偵探事務所的大門。門沒有上鎖。

「嗨，打擾了～」

在馬丁內斯踏入偵探事務所的瞬間——

「你在搞什麼鬼啊！」

林的怒吼聲突然飛來。

「我已經說過幾次了，你還是沒買！」

到底發生什麼事？馬丁內斯瞪大雙眼。看見林凶巴巴的模樣，他的酒全醒了。

「沒辦法，我忘了唄！」馬場的聲音隨之響起。他似乎也心浮氣躁。

馬丁內斯窺探事務所，只見馬場和林面對面站在房間中央爭吵，氣氛不太對勁。

「每次都忘記！你夠了沒！」

「哎呀，真是的。」馬場皺起眉頭，摀住耳朵。「不過是忘記買衛生紙就囉哩囉嗦的，吵死了。」

「你稍微反省一下行不行！」林齜牙咧嘴地大叫，把坐墊扔向對方的臉。「臭馬蠢！」

「好痛！幹啥呀你！」

吵架發展為肉搏戰。林用右手拉扯馬場的頭髮，左手捏他的臉頰；馬場則是用右手揪住林的胸口，另一手牢牢抓住對方的手腕。

見到橫眉豎眼、大打出手的馬場和林——

「這兩個傢伙真是……」

馬丁內斯聳了聳肩，嘆一口氣。

「哎，這就是所謂的『Mientras más se pelean,más se quieren.（越吵感情越好。）』吧。」

說歸說，總不能放著不管。

「喂喂，你們兩個冷靜一點。」

馬丁內斯分開揪住彼此的兩人。

「別打了。不過是衛生紙嘛，我去幫你們買回來啦。」

馬丁內斯轉身，朝最近的超商疾奔。

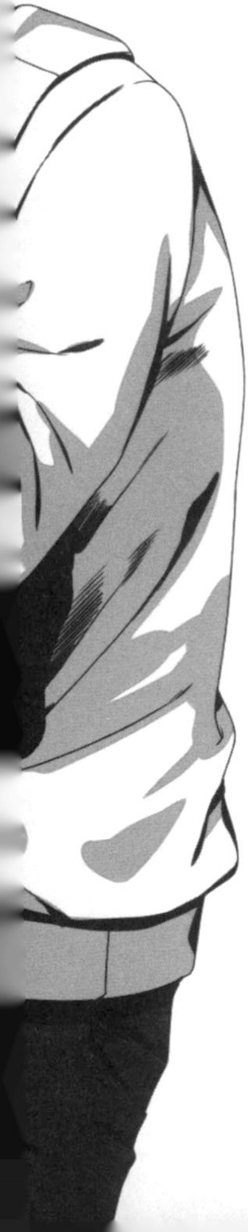

GAME SET

後記

本系列雖然參考了實際存在的地名、組織及事件，但純屬虛構，與真實人、事、物沒有任何關聯，敬請見諒。

天啊！已經第六集了！真是光陰似箭……

第六集走「拉丁裔搭檔動作片」路線吧——打定主意後，便由我們的主砲何塞・馬丁內斯擔任故事的主軸。對於熱愛拉丁文化的在下而言，馬丁內斯是特別喜歡的角色。或許馬丁內斯在讀者間的人氣不高，但我希望能夠讓更多人覺得「馬丁好帥！」所以才寫下這一集。只要能多少將他的魅力傳達給大家，我就心滿意足了。不知是不是因為第五集的反作用力之故，本集的氣氛始終很歡樂，希望各位讀者也能抱著觀賞馬丁內斯外傳的心情，輕鬆享受這次的「男人故事」。

這次同樣受到許多人士的幫助。責編和田編輯與遠藤編輯、插畫家一色箱老師、以及參與本作發行的所有人士，我要向各位致上最深的謝意。謝謝大家！

另外，這次在作品中使用的西班牙文，是請西班牙文講師I老師翻譯的。連粗俗的俚語都幫我翻譯了，實在感激不盡。I老師，Muchas gracias！

還有各位讀者朋友，非常感謝您購買本作。隔這麼久才出版續集，真的很抱歉。我會好好努力，在今年推出更多作品，今後也請多加關照！

最後是宣傳時間。在月刊《G FANTASY》上連載的漫畫版《博多豚骨拉麵團》單行本第一集在今天發售（註3）！也請各位讀者多多關注在秋野キサラ老師筆下華麗變身為漫畫人物的豚骨拉麵團成員！

那麼，下次再會！Adios！

木崎ちあき

◉註3：後記提及的均為日本出版資訊。

國家圖書館出版品預行編目資料

博多豚骨拉麵團 / 木崎ちあき作；王靜怡譯. --
初版. -- 臺北市：臺灣角川, 2018.03-
　冊；　公分. --（角川輕.文學）

譯自：博多豚骨ラーメンズ
ISBN 978-957-564-115-3(第3冊：平裝). --
ISBN 978-957-564-277-8(第4冊：平裝). --
ISBN 978-957-564-461-1(第5冊：平裝). --
ISBN 978-957-564-598-4(第6冊：平裝)

861.57　　107000885

博多豚骨拉麵團 6

原著名＊博多豚骨ラーメンズ 6

作　　者＊木崎ちあき
插　　畫＊一色 箱
譯　　者＊王靜怡

2018 年 11 月 26 日　初版第 1 刷發行

發 行 人＊岩崎剛人
總 經 理＊楊淑媄
資深總監＊許嘉鴻
總 編 輯＊呂慧君
副 主 編＊溫佩蓉
美術設計＊吳佳昀
印　　務＊李明修（主任）、黎宇凡、潘尚琪

發 行 所＊台灣角川股份有限公司
地　　址＊105 台北市光復北路 11 巷 44 號 5 樓
電　　話＊（02）2747-2433
傳　　真＊（02）2747-2558
網　　址＊http://www.kadokawa.com.tw
劃撥帳戶＊台灣角川股份有限公司
劃撥帳號＊19487412
法律顧問＊有澤法律事務所
製　　版＊尚騰印刷事業有限公司
I S B N＊978-957-564-598-4

香港代理＊香港角川有限公司
地　　址＊香港新界葵涌興芳路 223 號新都會廣場第 2 座 17 樓 1701-02A 室
電　　話＊（852）3653-2888